KB065703

나의 막노동 일지

나의 막노동 일지

계속 일하며 살아가는 삶에 대하여

나재필 지음

아를

막노동에서 배운
'단짠단짠' 인생의 맛

나는 27년 동안 기자로 살았다. 나에게 기자란 직업은 평범한 월급쟁이 직장인 그 이상도 이하도 아니었다. 나와 비슷한 시기에 평기자로 출발한 동료들은 대개 부장 직급 정도에 머물렀지만, 나는 서울과 몇몇 지역 언론사를 거치면서 어찌어찌 살아남아 국장과 논설위원도 지냈다.

언론사도 하나의 기업인 만큼 그 안에는 다양한 의견을 가진 조직과 구성원이 몸담고 있다. 나는 투철한 '생계형' 기자였으므로 직급이 올라갈수록 조직이 요구하는 일에도 나름대로 충실하려 했다. 하지만 언젠가부터 수익 사업에만 골몰하는 일부 관리자들을 보면서 회의감이 들기 시작했다. 마음속에 한번 자리 잡은 불편한 감정은 쉽게 사라지지 않았다. 결국 나는 27년 동안 붙잡고 있던 팽팽한 줄을 놓아버렸다.

갑작스러운 퇴직으로 인해 나의 인생 후반기가 오래된 충치처럼 아려왔다. 이전까지의 인생이 갑자기 '로그아웃'된 느낌이었다. 무엇을 해도 먹고살 줄 알았는데 막상 세상 밖으로 내던져지자 할 수 있는 게 없었다. 아니, 할 줄 아는 게 없었다. 남들 하는 재테크에도 관심이 없다 보니 모아놓은 돈도 없었다. 그때 절망의 끝에서 가까스로 붙잡은 게 '막노동'이었다. 기자로 펜대 굴리며 살았던 지난날과는 전혀 다른 삶을 살고 싶다는 고민도 한몫했을지 모른다. 어느 날 옥황상제께서 "이놈아, 그동안 너무 기고만장했다. 딱 1년만 힘든 곳에 가서 고생 좀 하고 오거라." 하고 일깨워주는 듯했다. 이후 나의 삶은 막노동 이전과 막노동 이후로 나뉠 만큼 많은 게 변했다. 인생 후반기가 막노동으로 다시 '로그인'됐다.

내가 막노동 현장에서 만난 육체노동자들은 자신의 삶을 긍정적으로 받아들이고 최선을 다해 오늘을 살아가는 평범한 사람들이었다. 노동의 가치, 노동자의 삶이 존중받지 못

하는 시대임에도 '땀은 정직하다.'는 말을 매일같이 온몸으로 증명하며 살아가는 사람들이 거기에 있었다. 나는 막노동을 시작하고 나서야 막노동을 비하하고 얕잡아 보는 시선이 얼마나 차별적인지, 본질에서 비켜나 있는지 체감할 수 있었다. 막노동에 대한 경도된 이미지, 그릇된 시선을 바로잡고 싶었다. 아울러 '그럴듯한 노동'과 '없어 보이는 노동'을 구분하는 잘못된 태도에서 벗어나 '일하며 살아간다는 것'의 본질을 묻고 싶었다. 인생 2막을 시작하는 나의 막노동 일지는 그렇게 채워져나갔다.

이 책은 예상보다 이른 은퇴 후에 막노동판에서 고군분투하고, 재취업을 위해 좌충우돌했던 늦깎이 베이비부머의 이야기다. 초고령화 사회를 목전에 두고 있는 오늘날 한국 사회에서 '베이비부머', '5060', '중장년층'은 애매하고 애꿏은 자리를 차지하고 있다. 그들은 민주화와 경제 성장의 중심에 있었지만 지금은 청년 취업난의 주범으로 지목되는 세대, 조기 퇴직한다 해도 또다시 다음 30~40년을 먹고살 궁리를 해야 하는 세대다. 이는 월급을 받으며 직장에 다니던 시간보다도 길다. 돈도 돈이지만, 긴긴 인생의 후반기를 어떻게 살아갈지 막막하다.

100세 시대는 장수에 초점이 맞춰져 있다. 그런데 조금만 비켜나 생각해보면 마냥 좋은 일만은 아닌 것 같다. 오래 살려면 오랫동안 행복하게 살아갈 밑천이 필요한데 막상 현실에 직면하면 밑천은커녕 밑바닥에 구멍만 숭숭 나 있는 경우가 많다. 중장년층, 특히 은퇴했거나 퇴직을 준비 중인 사람들은 직장 밖에서 기다리고 있을 세상이 두렵다. 일하고 싶어도 일거리가 없고, 여유로운 시간을 보내고 싶어도 시간은 자꾸만 뒤쫓아 온다. 젊은 노인, 늙은 청춘의 삶은 그리 호락호락하지 않다. 엄살떨고 싶은 마음은 추호도 없다. 하고 싶은 일을 하고, 빚에 허덕이지 않고, 땀 흘린 데 대해 정당한 보상을 받으며 살고 싶을 뿐이다.

현재는 과거의 미래이고, 미래의 과거다. 젊음과 늙음은 살아온 시간, 살아갈 시간의 길이만으로 설명될 수 없다. 동시대를 살아간다는 건 동질의 고민과 아픔이 있다는 것이다. 이는 특정 계층이나 세대만의 일이 아니다. 서로 다른 듯 보이는 세대들은 서로 충돌하며 질곡 많은 시대를 관통하고 있다. 나는 이런 동질의 사람들이 과거와 현재의 희생자가 아니라 앞으로도 함께 살아가야 할 미래의 동행자이길 희망한다. 미력하나마 내 삶의 단편적 기록이 나이와 세대를 넘어 동시대를 살아가는 이들에게 '단짠단짠' 인생의 맛을 알게 해주고, 불확실한 미래에 대비하기 위한 마중물이 되기를 소망하는 이유다.

나는 스스로 이만하면 잘 살아왔다고 자평하곤 한다. 결과적으로 그나마 이만해서 다행이라고 여긴다. 반면에 잘 살아왔다는 말은 자기 합리화를 위한 알리바이에 불과하다는 생각도 든다. 멈추지 말아야 할 나이에 멈춰 서기로 한 결정은 과연 옳았던 걸까. 자의든 타의든 간에 버텼어야 했고, 더 강해져야 하지 않았을까. 그러나 세상에 쓸모없는 경험은 없다. 모든 경험은 언젠가 쓸모가 생긴다. 세상에 쓸모없는 사람도 없다. 모든 사람은 어딘가의 쓸모가 되어 제2의 쓰임새를 찾을 것이다. 이 책이 자신의 쓸모를 증명하기 위해 온몸으로 맞서고 있는 베이비붐 세대, 취업난과 불투명한 미래 앞에서 낙심하고 있는 청년 세대 모두에게 용기와 희망을 불어넣어주는 작은 밀알이 됐으면 좋겠다.

2023년 11월

나재필

차례

2부 나의 시간은 낡지 않았다

1부

나의 막노동 일지

"하다 하다 안 되면 노가다라도 한다."라는 말은

진짜 현실을 모르는 사람들이 하는 말이다.

나에게 막노동은 새로운 시작과 생존을 위한 몸부림이었다.

처음 입문하는 사람들도 당장 절박하기에 겁을 내지 않았다.

상처를 잊기 위해 상처를 기억하듯, 상처에 직면해도

도망치지 않았다. 이겨내려고 애썼다. 그런 강인한 생각들이

모이면 마음속에도 굳은살이 생겼다. 그 굳은살은

살아 꿈틀거리는 노동자의 근육이었고, 반복의 고됨을

이겨내게 하는 힘이 되었다.

막노동은 결코 슬픔으로만 점철되지 않는다.

자신의 일을 좋아하는 사람은 때론 남이 일한 흔적까지

좋아하게 된다고 한다. 피해 갈 수도 마주할 수도 없는

상황에서 많은 사람들은 절묘한 회피를 선택하지만,

이곳에서 일하는 노동자들은 도망치지 않고

자기 삶에 정면으로 맞선다.

나의 막노동,
인생 2막을 열다

"나, 내일부터 노가다 시작해."

27년간 기자로 살아온 사람 입에서 '노가다'란 말이 나오자 아내의 입이 떡 벌어졌다. 농담이겠거니 생각하는 듯했다. 하지만 나는 돈이 필요했고, 아직 돈을 벌 나이였다. 퇴직 후 등산이나 다니며 하릴없이 소일하는 게 어느 순간부터 무책임하다는 생각이 들었다. 뒷방 늙은이가 되고 싶지 않았다. 집에서 놀며 세끼 꼬박꼬박 찾아 먹는 삼식이가 되기도 싫었다. '삼식이'는 은퇴한 중년 남성이 집에서 삼시 세끼를 다 챙겨 먹는다는 뜻으로 사용되는 은어다. 차라리 집에서 한 끼도 안 먹는 '영식이'가 편했다. 어느 날부터 마음에 내려앉은 묵직한 감정들이 끼니조차 편치 않게 만들었다. 눈칫밥은 눈치 주는 사람의 가학이 아니라 스스로 눈치를 보는 자학에 가까웠다.

"그 몸으로? 어떻게? 어쩌려고?"

아내는 여전히 설마설마하는 표정이었다.

"내 몸이 어때서? 혹시 친척들 알까 봐 창피해서 그래? 남편 은퇴하고 노가다 나간다고?"

"그건 아니고……."

우리 사회가 바라보는 막노동에 대한 인식은 애초부터 곱지 않았던 게 사실이다. 누구랄 것도 없이 '인생 막장', '마지막 정거장', '밑바닥 인생'이라는 폄훼와 하대, 조롱과 멸시를 해왔다. 어렸을 땐 "공부 안 하면 저 사람처럼 된다."라며 처참히 낙인찍는 모습도 심심찮게 봐왔다. 하루 벌어 하루 버티는 하루살이, 술 먹고 고함치는 주정뱅이, 지저분한 옷과 찌든 냄새로 불쾌함을 주는 동네 아저씨 따위의 취급을 받았다. 그건 잔인하고 못된 추문이었다.

그렇다 보니 나의 생각도 알게 모르게 곡해된 직업관에 머물러 있었다. 하다 하다 안 되면 선택하는 밥벌이의 마지막 카드 정도로 말이다. 한마디로 막노동이란 내 인생과는 영영 상관없을 것 같은 세계였다. 하지만 나는 그런 편견들과 부딪치기로 이미 마음먹은 터였다. 건설현장 입문 시 필요한 건설업기초안전보건교육 이수증부터 취득하기로 했다. 생애 첫 건설 쪽 교육이라 낯선 것투성이였지만 모두 절박한 표정이어서 동질감마저 느껴졌다.

10평 남짓한 교육장은 사람들로 바글거렸다. 만석이 되려는 찰나, 한쪽 귀퉁이에 간신히 자리를 잡았다. 이 교육은 건설일용근로자가 타 현장으로 이동할 때마다 받아야 하는 안전교육을 한 번에 끝내기 위한 것이다. 건설현장에서 단 하루를 일하더라도 이수증은 반드시 필요하다. 50분 수업 듣고 10분 쉬고를 네 번 하면 끝난다. 4시간 동안 건설공사의 종류, 시공 절차, 산업재해 유형별 위험 요인 및 안전보건 조치를 배웠다. 교육 내내 다치고, 깨지고, 깔리고, 무너지고, 실려 가는 영상이 시연됐다. 그때마다 사람들의 표정이 일그러졌다. 건설현장이 마치 숨 가쁘게 돌아가는 응급실 로비처럼 비춰졌기 때문이다. 교육이 끝나고 이수증에 붙일 증명사진을 찍었다. 나는 세상에서 가장 성실한 표정을 지어 보였다. 직원은 마음에 들지 않는지 연신 고개 각도를 조정해줬다. 그런데 증명사진이 박힌 이수증을 보고는 까무러칠 뻔했다. 범죄 피의자들이 찍는 머그샷

^{mug shot} 처럼 나온 것이다. 그러나 번복할 수는 없었다.

'아, 이제 진짜로 이곳에 발을 들여놓는구나.'

이제껏 한 번도 가보지 않은 그 길, 한 번도 해보지 않은 그 일이 솔직히 두려웠다. 잘할 수 있을까 하는 걱정, 그래도 이왕 마음먹었으니 도전해보자는 생각이 교차했다. 두 주먹을 불끈 쥐었다. 자격지심을 떨쳐내고 할 수 있다는 주문을 걸었다. 집으로 돌아온 나는 이수증을 가슴에 품은 채 새롭게 시작될 제2의 인생을 생각하며 뜬눈으로 밤을 지새웠다. 27년 기자 생활을 갈무리한 나의 막노동은 그렇게 시작됐다.

*

겨울 새벽은 방 안에서도 시렸다. 날카로운 면도칼에 베인 듯 얼얼했다. 창문 밖의 하늘은 검게 질려 있었다. 모두 잠든 오전 4시 반. 알람이 울리기 전에 몸이 먼저 반응했다. 세포들 사이사이에서 한기가 느껴졌다. 뼈마디와 핏줄도 깨어나지 못하고 더욱 웅크렸다. 출근 대비 1시간 정도 이른 시각이었다. 첫 출근에 대한 심리적 부담이었다. 한 치 앞을 알 수 없는 신세계였기에 지레 겁을 먹고 있었던 것이다.

부스럭 소리에 아내가 깼다. '이 인간, 진짜로 막일 나가려나 보네.'라는 표정이었다. 아내가 부엌에서 딸그락딸그락 소리를 내더니 이내 김이 모락모락 올라오는 끼니를 차려냈다. 그 온기와 웃풍이 맞물리는 느낌에 나도 모르게 소스라쳤다. 왠지 미안하다는 생각이 들었다. 이른 새벽부터 아내에게 번외 노동을 시키는 것 같아서.

휴대폰 속 온도계가 영하 10도를 가리키고 있었다. 출근길이 문제였다. 전날 아내가 자동차로 출근시켜주겠다는 걸 거절했던 터였다. 깜깜한 데다 도로마저 얼어 있어 오토바이를 타면 위험하다는 얘기를 귓등으로 들었다. 첫날부터 밥을 차리게 하는 것도 모자라 차까지 몰게 하는 수고로움을 끼치고 싶진 않았다. 눈비가 오거나 한파가 닥치는 날엔 버스를 타려고 미리 노선도 알아두긴 했다.

밥을 먹는 둥 마는 둥 흉내만 내고 중무장에 나섰다. 팬티 위에 내복 2개, 그 위에 보온 셔츠, 또 그 위에 난방 점퍼를 입었다. 아랫도리, 윗도리, 발바닥부터 머리끝까지 바람구멍 없이 동여맸다. 거울을 보니 영락없이 눈만 빼꼼 나온 불곰이었다. 아내가 차를 태워준다는 걸 한사코 거절하고 집 밖으로 나왔다. 추위는 상상 이상이었다. 어이쿠, 큰일 났다는 생각과 집으로 되돌아가면 모양 빠진다는 생각이 충돌했다. 어쩔 수 없었다. 그냥 밀어붙이기로 했다.

건설현장은 집에서 자동차로 30분, 오토바이로 40분 거리에 있었다. 헬멧을 쓰고 오토바이 가속 레버를 당겼다. 오토바이는 둔탁한 굉음과 함께 칠흑 속으로 미끄러져 갔다. 맞바람이 어찌나 세던지 뼈가 시리고 뺨 맞는 것처럼 아팠다. 아내가 태워준다고 할 때 그냥 말 들을 걸 싶었다. 때늦은 후회가 오토바이 뒤꽁무니에서 활활 타올랐다.

현장에 도착했는데도 어둠은 가시지 않았다. 너른 공터에 이미 많은 오토바이가 세워져 있었다. 오토바이 번호판을 보니 평택, 이천, 거제, 부산, 광주, 인천 등 전국 각지의 '부르릉'이 모두 모인 듯했다. 그 수가 얼마나 많은지 여기가 베트남이라고 해도 믿을 것 같았다.

나는 현장 옆 간이식당에서 업체 직원을 만나기로 선약이 돼 있었다. 전화를 걸었다. 멀찍이 떨어진 곳에서 한 여성이 전화를 받는 게 보였다. 손을 들어 내 쪽을 표시했다. 그도 나를 알아본 듯했다. 종종걸음으로 다가갔다. 직원은 신입을 맞는 일이 귀찮다는 듯 약간은 권태로운 눈으로 위아래를 훑어봤다. 내 인상착의와 주민등록증 사진을 번갈아 확인한 그는 서류에 사인을 받고 나서 장비를 인계했다.

"이 일 처음이신가요?"

마치 '며칠 못 버티겠구나.'라고 말하는 듯한 불신의 눈초리였다. 출근하기 전에 봤던 아내의 표정과 똑같았다.

"게이트로 들어가시면 광장이 나올 거예요. 그 옆 흡연장에 가시면 첫 번째 드럼통이 있어요. 거기서 팀장님을 만나면 됩니다. 미리 얘기해놓았어요."

"네, 감사……."

그는 고정 간첩 접선지 알려주듯 말하고는 내 인사가 끝나기도 전에 휭하니 사라졌다. 순식간에 홀로 남겨진 나는 미아처럼 두리번거리며 게이트로 향했다. 게이트 앞은 활어 경매장처럼 어수선했다. 출입 카드를 기계에 대서 출퇴근 기록을 남기는 타각打刻을 했다. 한쪽에서는 안전 감시단 10여 명이 출근하는 노동자들을 대상으로 음주단속 중이었다. "부세요, 더, 더, 더." 하는 모양새가 경찰 단속과 흡사했다. 여기서 걸리면 곧바로 집으로 유턴해야 한다. 다른 쪽에선 안전모, 각반(발목에서부터 무릎 아래까지 돌려 감거나 싸는 띠), 조끼, 안전화, 출입증, 그리고 휴대폰 검사를 했다. 반도체 공장 특성상 보안이 중요하기 때문에 휴대폰 카메라 위치에 스티커를 붙여 촬영을 못 하도록 막는 것이다. 게이트를 통과했다고 해서 끝난 게 아니었다. 주머니에 손을 넣고 걷거나, 휴대폰을 보면서 보행하다 걸리면 그날 하루는 공치는 날이 됐다.

앞에 가는 사람의 뒤통수를 좌표로 찍고 마냥 걸었다. 예방주사 맞을 때의 줄서기처럼 두근두근하면서 두렵기까지 했다. 나는 의도치 않게 건설현장의 초심자인 동시에 낯선 현장으로 들어서는 틈입자가 돼 있었다.

'그냥 지금이라도 돌아갈까……'

아내에게 그토록 당당했던 출근길 자신감이 돌연 늘어진 배처럼 축 처졌다.

'그래도 하루는 버텨야지.' 곱씹고 곱씹었다. 직원 말대로 광장 옆 흡연 구역의 첫 번째 드럼통 쪽으로 가니 덩치 큰 팀장이 서 있었다. 안전모 옆에 쓰여 있는 이름도 맞았다.

"서영도 팀장입니다. 2층에서 TBM 할 거니까 거기로 같이 가시죠."

TBM Tool Box Meeting은 작업 개시 전에 그날의 할 일과 지시사항을 전달하는 회의다. 서 팀장은 직업군인 출신으로 걸음걸이부터 말투까지 절도가 있어 주임원사 느낌이 났다. 그의 뒤를 졸졸 쫓아가는데 무지렁이 훈련병으로 되돌아간 기분이 들었다.

2층엔 이미 10명 남짓의 팀원들이 모여 잡담 중이었다. 팀장과 나를 발견한 그들은 목례를 하는 둥 마는 둥 시늉만

하곤 다시 떠들었다. 언뜻 봐도 대다수가 20대 청년이었다. 내 또래가 대부분일 것이라는 예상은 완전히 빗나갔다. 나중에 알게 된 사실이지만 내가 속한 팀은 기술보단 힘을 쓰는 일이라 젊은 사람이 많았다. 거기에다 팀원들 대다수는 팀장이 데리고 다니는 일종의 별동대였다. 이들은 전국 어느 곳이든 일자리가 생기면 함께 옮겨 다녔다. 10명에서 많게는 30명 정도가 한 팀이다. 발주처는 원청(일정 기간 내 할 일의 양을 도거리로 맡기는 기업) 소장을 관리하고, 원청은 하청 소장을, 하청은 공정별 십장什長(공사장 감독)을, 십장은 기공(기술자)을, 기공은 조공(잡부)을 관리하는 식이다.

팀장이 어색하게 서 있는 나를 팀원들에게 소개했다.

"오늘 오신 신입이셔. 너희보다 나이가 한참 위시니까 깍듯하게 하고. 일이야 차근차근 알려드리면 되니까 앞으로 합을 잘 맞춰봐."

왜 내 귀엔 '나이가'가 '나이만'으로 들렸을까. 그들은 대꾸도 하지 않았다. 침묵의 신고식인가. 갈수록 위축됐다.

"나는 결근하는 사람이 제일 싫어. 모두들 다리가 부러지지 않는 이상 출근 도장은 꼭 찍으라고. 출근했다가 조퇴하면 반 공수(일당의 절반)는 벌 수 있잖아. 어차피 돈 벌자고 모인 사람들인데……."

팀장은 둔탁한 중저음으로 만근을 당부했다. 사실 막노동 판에선 새벽에 일어나 현장을 나가는 것만으로도 하루가 다 간 거라는 말이 있다. 달콤한 잠의 유혹을 떨치고 출근하는 것 자체가 힘들다는 얘기다. 몸이 아파서 도저히 못 나갈 것 같을 때든 이불 속에서 그냥 나오기 싫을 때든 "오늘 쉬겠습니다."라고 문자 하나만 보내면 되니 더더욱 그럴 것이다. 주저리주저리 변명을 하고 핑계를 대고 전후 사정을 얘기할 필요가 없다. 다음 날 추궁당하는 일도 안 생긴다.

눈인사만 마친 팀원들은 출근부에 사인을 마친 뒤 안심 등록을 했다. '안심'(안전에 진심)은 휴대폰을 통해 안전 사항을 점검하고 현장에서 발생하는 각종 데이터를 관리할 수 있도록 도와주는 안전 관리 애플리케이션이다. 작업 전 절차가 까다로운 건 대기업 반도체 건설현장이어서 그랬다. 인력사무소를 거치는 일반 공사현장과 달리 서류도 한 보따리, 주문 사항도 한 보따리였다. 모든 게 안전과 연관돼 있었다.

"형, 이쪽 일은 좀 해봤어요?"

엘리베이터 앞에서 길고 느리게 하품을 하던 한 반장이 데면데면한 게 불편했는지 입을 뗐다. 무뚝뚝했지만 배타적인 억양은 아니었다. 생전 처음 본 사람, 그것도 만난 지한 시간도 안 됐는데 형이라는 호칭을 들으니 알고 지내던 사이처럼 가깝게 느껴졌다. 현장에서는 모두가 '반장님'으로 부르지만 친한 사람끼리는 '형'이나 '형님'이라고 했다.

"아뇨, 처음입니다."

나는 존댓말로 대답했다.

"눈치껏 하면 돼요. 무리할 필요도 없고, 무리해서도 안 되고요."

무슨 말인지 알 것 같았다. 귀동냥으로 들은 바로는 정도 껏 하면 된다고 했다. 시키면 시키는 대로, 아는 게 없으면 없는 대로 따르라는 것이다. 별말은 아니었지만 그런 말이라도 해주니 고마웠다.

'까짓것, 남들 다 하는데 나라고 못할쏘냐. 눈 딱 감고 열심히 배워보자. 어차피 사람이 하는 일 아닌가. 조금은 엉성해도 괜찮다. 덤벼들다 보면 얼추 흉내도 내고, 그러다 보면 적응도 하겠지.'

이렇게 나 자신을 설득하며 정신을 무장시켰다.

*

정신 무장이 무색하게도 막노동 첫날은 일을 하는 둥 마는 둥 했다. 하지만 모든 게 처음이고 긴장한 탓에 쓸데없이 몸에 계속 힘이 들어갔다. 퇴근 무렵 눈이 내리기 시작했다. 연장·야근이 없는 날이어서 5시에 일이 끝났다. 때마침 휴대폰이 울렸다. 아내였다. 일은 할 만했냐고 물어왔다. 안 쓰던 근육을 써서 온몸이 쑤시고 저렸지만, 삼겹살이나 먹자는 말로 대답을 대신했다. 오토바이로 눈보라를 뚫고 30분 만에 삼겹살집에 도착했다.

사실, 결혼한 이후 내가 먼저 고기를 먹자고 한 건 처음 있는 일이었다. 막노동을 시작하기 전까지만 해도 나의 식성은 채식주의에 가까웠다. 특별한 신념이 있다거나 고기를 못 먹기 때문은 아니었다. 단지 식성 자체가 고기와 거리가 멀었다. 때문에 나는 가족 모임이든 회식이든 늘 한 귀퉁이에 앉아 풀을 뜯었다. 그러니 삼겹살집에 온 것 자체가 별일이었다.

불판에서 노릇노릇해진 고기를 상추에 얹고 마늘과 쌈장, 갈치속젓을 조금 올렸다. 한 쌈 외치며 입속에 밀어 넣었다. 오물오물 씹는데 어럽쇼, 새 세상이 열렸다. 십수 년 만에 맛본 삼겹살은 의외로 달콤하고 고소했다. 내 평생 먹은 고기 중 최고의 맛이었다. 청양고추를 찍어 입안에 매운맛을 한 바퀴 돌렸다. 식욕이 더 살아났다.

콧노래가 슬슬 나왔다. 소주 한 잔, 고기 한 쌈, 다시 소주

한 잔, 고기 한 쌈. 양손이 기타 코드를 잡는 것처럼 신들린 듯 움직였다. 소주 두 병을 게 눈 감추듯 게걸스럽게 비우고 고기 1인분을 추가로 시켰다. 노곤했던 몸이 풀리면서 아랫배에 힘이 느껴졌다. 흐뭇한 표정을 짓고 있는 나를 아내가 신기하다는 듯 쳐다보았다. 육체 노동하는 사람들이 퇴근 후에 왜 고기를 찾는지 조금 이해가 됐다.

나는 전쟁터 무용담을 들려주듯 하루 사이에 벌어진 일들을 살을 붙여 떠벌렸다. 아내는 "오, 그랬어?" 하며 연신 맞장구를 쳐줬다. 그럴 때마다 내 목소리는 무슨 개선장군이라도 된 것처럼 커졌다.

내 중년 인생의 첫 막노동, 그리고 가장 고단했던 하루, 그것을 견뎌낸 나에게 주는 작은 보상, 나를 격려해주는 아내…… . 이 모든 것이 꿈결 같았다. 몸은 천근만근 무너져내리는 듯했지만 마음은 깃털처럼 가벼웠다.

치익, 고기 구워지는 소리가 앞으로 펼쳐질 새 삶을 응원하는 빗소리 같았다. 은퇴 이후 아무것도 할 수 없을 것 같았던 무기력감, 무엇을 해도 안 될 것 같았던 상실감, 나이는 자꾸 먹는데 허송세월하고 있다는 자책감 들이 일순간 사라졌다. 그리고 가장 행복했던 건 오래간만에 보는 아내의 맑은 미소였다. 날이 갈수록 의기소침해져가는 나를 무척이나 걱정했던 그이였다.

　나는 속으로 빌었다. 내가 오랫동안 막노동 현장에서 잘 버텨낼 수 있기를, 좌절하지 않고 꿋꿋하게 주어진 시간을 열심히 살아갈 수 있기를. 용기 내어 선택한 나의 길이 틀리지 않았다는 걸 끝까지 증명하기를 말이다.

　그날, 아내는 참 많이 웃었다.

침팬지는
새끼를 가르치지 않는다

새벽 5시 30분. 삭신이 쑤셨다.

막노동을 시작한 지도 벌써 한 달, 이 생활에 어느 정도 적응하고 마음에 여유가 생긴 뒤부터는 기상 시간도 1시간가량 늦춰졌다. 그 시각이면 현장까지 가는 데 전혀 문제가 없었다. 간신히 정신을 차리고 베란다 밖을 내다보니 여명 사이로 눈발이 흩날리고 있었다. 지난밤 뉴스에서 폭설 예보를 본 것이 그제야 떠올랐다. 찬물 세수로 정신을 깨웠다. 긴장했던 몸이 조금씩 이완됐다. 1000억 개의 뇌신경세포가 다시 작동하는 듯했다.

아침 풍경도 바뀌었다. 아내가 차려주는 밥상을 날름 받아먹는 게 미안해 혼자 차려 먹기 시작했다. 서비스업에 종사하고 있는 아내는 감정 노동자였다. 하루 종일 손님들을 상대하느라 녹초가 되는 일이 잦았다. 그런 아내에게 나까지 막노동을 한답시고 서비스를 받는 건 염치없는 짓이었다. 새벽잠을 뺏어가면서 법석을 떠는 것도 싫었다. 아내는 밥을 챙겨주고 싶다고 했지만, 살금살금 일어나 몰래 해결했다. 뒤꿈치를 들어 소리를 줄였다. 초등학교 시절 까치발로 복도를 걷던 때가 떠올랐다. 안방 문을 닫아 부엌에서 달그락대는 소리도 차단했다. 간단하게 컵라면을 먹고, 전날 불려놓은 누룽지에 온수를 부어 먹었다. '혼밥'은 점점 더 익숙해져갔다.

간단히 배를 채우고 나서 우루사를 입에 털어 넣고 블랙커피를 마셨다. 옷을 단단히 챙겨 입고 각반에 안전모, 출입증까지 확인했다. 하나라도 빠지면 '출가바퇴'(출근했다가 바로 퇴근)였다. 그런데 밖으로 나와 오토바이를 타려다가 멈칫했다. 싸라기눈이 폭설로 변해 있었다. 오토바이 출근은 무리였다. 버스 정류장을 향해 15분 정도를 뛰었다. 하지만 첫차는 포말 같은 배기가스를 뱉어내며 시선 밖으로 멀어져가고 있었다. 택시를 잡으려고 허둥댔다. 하지만 이른 시각 불 밝힌 택시는 없었다. 결국 아내에게 SOS를 쳤다. 미안한 일이지만 어쩔 수가 없었다.

"여보, 폭설이 내려서 발이 묶였어. 차 좀 가지고 사거리 쪽으로 와줄래?"

아내는 싫은 내색 하나 없이 차를 몰고 달려와 폭설에 갇혀 있는 사내를 구출해주었다. 버스와 자동차들이 거북이걸음으로 눈보라 속을 엉금엉금 기어가고 있었다. 차바퀴가 좌우로 미끄러지길 반복했다. 도로 전체가 거대한 미끄럼틀이었다. 라이트에 비친 시야는 짙은 회색빛이었다. 평소에 자동차나 오토바이로 30~40분 걸리던 출근길이 1시간 넘게 걸렸다.

공사현장 앞에 도착하니 많은 노동자들이 눈발을 정면으로 맞으며 입구 쪽으로 걸어가고 있었다. 진짜 거북이 같았다. 나도 급히 거북이 행렬에 끼었다. 집으로 돌아가는 아내의 차가 이리저리 흔들리며 시야에서 멀어져가고 있었다. 내 마음도 흔들렸다. 거센 눈발을 헤치며 돌아갈 아내를 생각하니 미안함과 안쓰러움이 뒤섞여 먹먹해졌다.

내가 속한 비계飛階(높은 곳에서 공사할 수 있도록 임시로 설치한 가설물) 팀 양중 일은 그리 어렵지 않았다. 양중은 밀차나 대차, 손수레 등을 이용해 자재를 옮기는 일을 한다.

특별한 기술이 필요하지 않기 때문에 건설현장 초심자들이 선호했다. 다만 대부분 힘쓰는 일이어서 일반 건설현장의 곰방과 비슷했다. 곰방은 건축자재(시멘트, 벽돌, 모래, 타일, 돌, 석고보드, 나무, 합판 등의 중량물)들을 장비를 사용하지 않고 인력으로 운반하는 일이다. 시멘트 50포를 계단으로 나르다 조상님 뵐 뻔했다는 우스개가 있을 만큼 고되다. 곰방은 시간을 채워야 일당이 나오는 막일과는 달리 할당량만 채우면 일이 끝난다.

이날 작업 장소는 빙설이 잔뜩 쌓여 있는 옥상이었다. 칼바람이 매섭게 불었다. 팀원들은 설비 사이에 흩어져 있는 비계용 파이프와 클립 들을 대차에 실어 날랐다. 대차는 네 바퀴가 달린 수레 같은 것이다. 4명이 한 귀퉁이씩을 잡고 말처럼 밀고 끈다. 사람이 말이자 마부가 되는 셈이다. 비교적 쉬워 보이지만 적재량이 많으면 전복될 위험도 있고 발 끼임 사고 가능성도 있다. 눈이 오거나 눈이 쌓였을 경우 자재 나르는 일은 적잖이 곤욕이었다. 파이프 표면을 뒤덮은 얼음이 손에 닿으면 살짝 녹았다가 다시 꽁꽁 얼어붙으며 닿은 부분이 찰싹 들러붙었다. 손끝이 끊어질 듯 아팠다. 대기업 현장은 드럼통에 장작불 지펴서 손을 녹여가며 일하는 곳이 아니었다.

나는 팀원이 하는 걸 보고 그대로 따라 했다. 그야말로 침팬지였다. 침팬지는 새끼 침팬지를 가르치지 않는다. 먹이를 주는 일도, 먹이를 구하는 일도 독자적으로 한다. 그러면 새끼들이 보고 배운다. 흉내 내기다. 나도 선임 침팬지들의 행동을 보며 흉내를 냈다. 신기하게도 일은 배워졌다. 딱히 얘기해주지 않았는데도 몸짓을 보고 알아챘다. 현장에서의 소통은 말보다는 행동이었다.

양중은 걸음과의 싸움이기도 했다. 계단을 포함해 하루 2~3만 보를 움직였다. 1층 화물 엘리베이터에 실은 자재를 옮겨주거나 2·3·4·5층, 옥상 등에서 받아 비계 설치·해체 구간에 건네주는 일, 옥상의 자재들을 화물 엘리베이터를 통해 2층이나 3층 샵장(임시 작업장)에 보관하는 일, 샵장의 자재를 필요할 때마다 비계 설치·해체 구간으로 날라다주는 일을 했다. 그러니 움직이는 게 일이었다.

나는 안전화를 평균 3개월밖에 신지 못했다. 그만큼 빨리 해지고 닳았다. 안전화는 입사할 때 무료로 주는데 그다음부터는 업체를 갈아타지 않는 이상 개인적으로 구입해야 한다. 다른 건 몰라도 안전화는 좋은 걸 쓰라는 이유가 있었다. 현장엔 못이나 쇠붙이가 많고, 걷는 일이 많다 보니 발바닥이 금세 피로해졌다. 때문에 안전화만큼은 편한 걸

신어야 했다.

자재를 드는 데에도 규정이 있었다. 5~15kg 중량물은 무게중심을 확인하고 15~25kg짜리는 한 손으로 작업해선 안 된다. 25kg 이상 자재는 절대 인력으로 하지 않고 대차를 이용해야만 한다. 한마디로 무거운 것은 혼자 들지 말라는 얘기다.

오후 일을 시작했는데 팀장이 허 반장을 혼내고 있었다. 20대 중반인 허 반장은 아무리 바빠도 계단 타는 일이 없었고, 뺑뺑 돌아갈지언정 엘리베이터를 이용했다. 그러다 보니 물건을 다 나른 후에야 느릿느릿 나타나기 일쑤였다. 만만디였다. 몸이 날렵하게 생겨 빠릿빠릿할 것 같은데 행동은 굼떴다. 어린 나이인데도 앞머리가 많이 빠져 훤한 반면 뒤쪽 숱은 무성해 황비홍 같다는 소리를 들었다. 그는 팀장이 찾을 때마다 화장실에 가서 부재중인 적이 많았다. 보통 작업 구간에서 화장실까지는 왕복 10~20분 거리였다. 실내엔 층마다 한 칸짜리 화장실이 한 개밖에 없어 이용자가 많을 땐 기다림의 시간이 길었다. 더구나 외부까지 가서 볼일을 볼 경우엔 왕복 거리가 상당했다.

"허 반장, 빨리빨리 좀 다녀라. 저 형님 좀 봐라. 저 나이에도……."

엉겁결에 가만히 있는 내가 거론되고 있었다.

"팀장님, 저도 계단으로 다니고 싶죠. 도가니가 아픈데 어쩌겠어요. 저, 환자라고요. 환자."

허 반장이 무릎 뼈를 만지며 죽는 시늉을 했다. 그걸 본 팀장은 어이없단 표정을 짓더니 더 이상 따져 묻지 않았다. 나도 어이가 없었다. 왜냐하면 얼마 전 족구 게임에서 펄펄 날던 그의 모습이 떠올랐기 때문이다.

팀장이 빨리빨리 움직이라는 것은 속도를 내서 일하라는 말이 아니었다. 허투루 낭비되는 시간을 줄이고 효율적으로 일하라는 당부였다. 업체는 노동자들을 다그쳐서라도 공사를 빨리 끝내야만 돈을 더 많이 벌 수 있지만, 팀장과 팀원의 경우 공사를 빨리한다고 해서 달라지는 건 없었다. 오히려 공사를 빨리 끝내면 일자리도 빨리 끊길 뿐이었다. 그 때문에 일을 빨리하는 것보다 안전하게 하는 것을 원했다. 현장에 상주하고 있는 안전관리자들도 입이 닳도록 뛰지 마라, 하나씩 들고 다니라고 성화였다. 안전관리자는 원청에 속한 직원이다. 이들은 공사가 바쁘든 한가하든 개의치 않고 곳곳을 누비며 안전을 점검한다. 중요한 필수 요원이지만 사사건건 쫓아다니며 잔소리를 하다 보니 현장 노동자들에게는 귀찮은 존재로 여겨질 때가 많다.

팀장과 팀원들은 무전기가 아니라 휴대폰으로 소통했다. 팀장이 선임에게 전화를 걸어 자재 종류와 장소를 지정해주면 삼삼오오 모여 역할을 나눴다. A조는 2층 자재를 4층으로, B조는 3층 자재를 옥상으로 나르라는 식이었다. 마치 뺑뺑이 돌듯 각 층을 끊임없이 돌았다. 팀원인 20~30대 젊은이들은 힘이 넘쳤고 온종일 생기가 돌았다. 일머리도 좋아 팀장이 눈짓만 해도 척척 해냈다. 힘도 장사였고 호흡도 잘 맞았다. 무슨 일을 하든 능수능란하게 처리해 배우는 입장에서 보면 부러울 정도였다. 하지만 그들 몸에서도 파스 냄새가 끊이질 않았다.

*

고된 노동은 술을 불렀다. 퇴근 후 술 한잔은 참을 수 없는 유혹이었다. 주반酒飯은 육체를 리셋했다. 점차 풍화되는 몸뚱이를 위로하고 다음 날 일하기 좋은 몸 상태로 다시 부팅될 수 있게 해주었다. 잔여 에너지를 몽땅 휘발시키는 동시에 새로운 에너지를 보충해주는 것처럼 느껴졌다. 품어주고 안아주는 삶의 아스파라긴산, 정신과 육체의 저질스러운 감전. 어느덧 나에게 술은 고된 노동의 피로를 가시게 해주는 노동요가 되어 있었다. 아내는 건강을 생각하라며 자주 핀잔을 줬다. 하지만 땀범벅에 파김치가 된 모습을 보면 이내 두 손을 들고 말았다. 대신 안주를 잘 챙겨 먹었다. 그래서인지 다음 날에도 거뜬했다. 술은 난경難境에 빠진 나의 일상을 정리해주는 즐거운 중독이었다.

술이 유전은 아니었다. 평생을 육체노동으로 살아온 아버지는 술과 거리를 둔 사람이었다. 절대로 술을 찾는 법이 없었다. 물어본 적이 없기 때문에 못 마시는 건지, 안 마시는 건지도 알 수가 없었다. 아버지의 삶은 오로지 물질적 필요에 얽매여 있었다. 먹고사는 일이 더 중요했고, 살기 위해선 모두가 그렇게 산다며 운명을 받아들이는 듯했다. 아버지는 취기로 휘청거리지 않는 삶을 택함으로써 가족의 건사를 지키려고 했는지도 모른다. 가끔씩 나는 아버지의 맨 정신을 떠올린다. 그 힘겨웠던 노동의 고통을 무엇으로 달래셨을까 하는 회한에 찬 궁금증이다. 아버지는 몸살도 걸어 다니면서 앓아야 한다며 스스로를 억누른 채 살아왔다. 하류라 여겨지는, 잘살지 못한다는 환경의 수치스러운 장벽 앞에서 명예를 회복하고 싶어 했을 수도 있다. 아버지가 원하는 삶은 단지 자신이 할 수 있는 노동을 하고, 그 노동의 결실을 손에 쥐는 삶이었다.

나는 하루가 다르게 막노동에 적응해갔다. 그런데 일이 고되면 고될수록 책임감은 더 커졌다. 이름 앞에 놓인 무게감 때문이었다. 아침에 일어나면 늘 머릿속에서 '새로고침' 버튼을 눌렀다. 나는 누군가의 자식, 누군가의 남편, 누군가의 사위였다. 또한 누군가의 아버지였다. 힘에 부칠 때 부모와 가족을 떠올리면 없던 힘이 생겼다. 나의 부모가 평생 농사일을 하며 자식 농사를 지었듯 나의 노동도 가족을 위한 최소한의 도리이자 의무였다. 구부러진 허리, 밭고랑 같은 주름, 퇴행성관절염이 스치고 지나간 손마디……. 아버지의 몸에 새겨져 있던 그 잔혹한 흔적들이 이제는 내 몸에 새겨지고 있었다. 아버지의 노동이 싫어서 회피하려고 했지만, 어느새 아버지의 노동을 닮아가고 있었던 것이다. 나는 침팬지였다.

막노동이 길어질수록 이 땅의 모든 아버지, 어머니, 남편, 아내, 청춘의 삶에 뜨거운 경외감을 품게 됐다. 화이트칼라든 블루칼라든, 아니면 그 어떤 언저리에도 속하지 못하는 아웃사이더라 할지라도 그들은 오늘의 삶을 지탱하고 있는 진정한 영웅들이었다.

산다는 건 삶의 결절을 인정하고 하나하나 봉합해가는 과정이다. 어느 개인이든 어느 가정이든 아픔은 존재하기 마련이다. 아픈 구석이 있는데도 참고 살아갈 뿐이다. 그래서 열심히 살아야 하고, 열심히 버텨야 하는 명분들이 생긴다. 오늘의 노동은 내일의 희망 때문에 가능하다. '이 또한 지나가리라.'가 아니라 내일의 태양을 꿈꾸기에 오늘을 사는 것이다.

막노동이 길어질수록 이 땅의 모든 아버지, 어머니, 남편, 아내,

청춘의 삶에 뜨거운 경외감을 품게 됐다.

화이트칼라든 블루칼라든, 아니면 그 어떤 언저리에도 속하지

못하는 아웃사이더라 할지라도 그들은 오늘의 삶을

지탱하고 있는 진정한 영웅들이었다.

오늘의 노동은 내일의 희망 때문에 가능하다.

'이 또한 지나가리라.'가 아니라 내일의 태양을 꿈꾸기에

오늘을 사는 것이다.

"느그 아부지 뭐하시노?"

막노동판에 본격적으로 뛰어들기 전 워밍업 차원에서 인력사무소를 찾은 적이 있었다. 그곳은 새벽부터 팔딱팔딱 뛰는 노동자들의 인력시장이었다. 새벽 5시경 사무소 문을 열고 고개를 삐죽 들이미니 이미 몇 명의 노동자들이 자리를 차지하고 앉아 있었다.

"처음 보는 얼굴이네? 쫑하고 이수증 주시오."

소장은 내 또래 정도로 보였다. 내가 머뭇거리자 주민등록증과 건설업기초안전보건교육 이수증을 달라고 다시 말했다. 사람들이 하나둘 모여들기 시작했다. 서로 반말을 섞는 걸로 보아 모두들 안면이 있는 사이 같았다. 커피믹스

한 잔을 타서 소파에 반쯤 걸터앉았다. 사람도 사무실 공기도 낯설었다. 30분쯤 흘렀을까. 소장이 몇 통의 전화를 주고받았고, 나를 포함한 8명을 한국지역난방공사 ○○지사 증축현장에 배정했다. 사무소 밖으로 나오자 빗방울이 약하게 내리고 있었다.

사무실을 함께 나선 누군가의 승합차에 올라탔다. 숨이 막혔다. 자리가 좁아서 그런 게 아니었다. 처음 본 사람들과 낯선 현장으로 동행하는 것이 마치 끌려가는 기분이었다. 현장은 30분 거리에 있었다. 간단히 서류를 작성하고 안전교육을 받았다. 그러는 사이 빗방울은 점점 더 거세졌다. 이대로라면 일이 취소될 수도 있겠다는 불길한 생각이 들었다. 아니나 다를까. 밖을 몇 차례 오가던 현장 소장이 아무렇지도 않은 듯 말을 툭 내뱉었다.

"오늘은 안 되겠네요. 비 때문에 위험해서……."

미안해하는 기색도 없었다. 단지 일을 못 하니 돌아가라는 수신호만 연신 했다. 마치 물건 취급을 당하는 느낌이었다. 어쩔 수 없었다. 일을 하고 싶어도 할 수 없는 상황 아닌가. 같이 갔던 사람들은 하늘과 현장 소장 얼굴을 번갈아 보며 나지막이 투덜댔다. 새벽부터 나왔는데 비 때문에 일거리가 공중 분해됐으니 하늘이 원망스러울 수밖에 없었다.

승합차 운전자가 손짓을 했다. 차에 타라고 했다. 나는 조심
스럽게 거절했다. 이름도 모르는 사람들과 하루 공친 얘기
를 나누며 돌아갈 자신이 없었다. 들를 곳이 있다는 핑계를
대고 그들이 안 보이는 모퉁이 쪽으로 얼른 몸을 숨겼다.

비를 맞으며 걸었다. 기분이 엉망이었다. 집까지는 한 시
간이 넘게 걸렸다. 비雨 육탄을 맞아 길바닥에 떨어져 있는
밤톨 몇 개를 주웠다. 다람쥐처럼 이로 껍질을 벗기고 잘근
잘근 씹었다. '밤은 왜 이리도 달까.' 비릿한 웃음이 새어나
왔다. 그렇게 인력시장을 경유한 막노동은 허무하게 실패
로 끝났다.

*

막노동 초보자나 경력이 없는 사람들은 보통 인력사무소
에서 일거리를 찾는다. 길에서 흔히 보는 건설현장이 바로
인력사무소를 거쳐서 가게 되는 곳이다. 연령대는 20대 초
반에서 60대 초반까지 다양하다. 특히 40대 이상은 개인 사
정으로 홀로 가정을 꾸리며 자식들을 부양하는 경우가 많
다. 인력사무소는 노동자에게 일자리를 알선하고 소개료
명목으로 일당의 10%를 떼어 간다. 일종의 커미션이다. 노
동자들은 새벽 5시경 인력사무소에서 대기하다가 차례대

로 일을 배정받는다. 일이 없거나 눈비가 오면 공치는 날이다. 일거리가 없어 집으로 돌아가는 것을 '데마 맞는다'고 한다. 운이 좋으면 하나의 시공이 끝날 때까지 출근할 수 있고, 그렇지 않으면 다음 날 새벽에 다시 인력사무소를 찾아 일을 배정받아야 한다.

현장에 도착하면 아침밥을 먹여주는 곳이 있는가 하면 곧바로 작업에 들어가는 경우도 있다. 일용직 노동자를 '용역' 또는 '잡부'라고 부르는데 90% 이상의 일이 자재운반, 정리, 청소다. 건설현장에는 목수공, 철근공 등 다양한 기술자들이 일하고 있다. 기술자들은 공정마다 발생하는 쓰레기를 직접 치우지 않는다. 잡부(조공)가 그런 일을 한다. 일당은 그날그날 받는다. 월급 개념이 아니다. 다음 날 일이 없는 경우도 있고, 날씨가 궂으면 몇날 며칠을 쉴 수도 있기에 그렇게 한다. 지역마다 다를 수 있지만 실 수령액은 9만 원에서 14만 원 정도다. 평균 연령은 대략 50~65세다. 막노동판에서 20~30년 일한 사람은 반장급에 해당한다. 도면만 보고 건물 한 채 정도는 뚝딱뚝딱 지을 수 있는 사람들이다.

일반 건설현장엔 외국인 노동자들이 많다. 힘이 좋고 성실해서 업체들이 선호한다. 전국에 84만 명 정도가 있는 것으로 추산되는데 미등록 체류 외국인까지 합하면 120만 명이 넘는다고 한다. 주로 30인 미만 소규모 사업장에서 근무하고 절반 이상이 월평균 200~300만 원을 받는다. 200만 원 미만을 받는 외국인 노동자는 20%, 300만 원 이상은 30% 정도다. 해체나 철거에는 몽골인, 비계 팀엔 키가 크고 날렵한 우즈베키스탄이나 러시아인, 형틀목수 팀에는 베트남, 캄보디아, 필리핀 등 동남아시아 사람들이 주를 이룬다. 외국인에겐 작업반장을 맡기지 않는다. 의사소통이 어렵고 원청과의 관계, 현장 관리 문제 때문이다.

일부 사업주들은 일감이 적을 때 노동자들을 다른 공장으로 보내 일을 돕게 하는 일종의 품앗이를 하곤 하는데 이는 명백한 불법이다. 더욱이 미등록 이주노동자를 주로 고용하는 업체들은 대부분 하청업체들이다. 이런 까닭에 우리 사회에 만연해 있는 '위험의 외주화' 현상이 '위험의 이주화'(내국인에서 외국인으로 위험 전가)로 연결되기도 한다.

*

"형님, 그런 막노동이 다 있어요?"

"그렇다니까. 한 달에 500~800만 원을 벌 수 있대."

돌연 백수가 된 나의 처지를 보고 처형의 남편이 전해준 정보였다. 인력사무소를 거친 현장이 아니라 대기업 현장에 가면 돈을 더 많이 벌 수 있다고 했다. 자신의 아들도 아르바이트 막노동으로 목돈을 벌었노라고 사실 확인까지 시켜줬다. 나는 다음 날 당장 대기업 반도체 건설현장에 이력서를 넣었다. 신체검사도 통과했다. 가장 엄격하게 보는 혈압도 무사히 통과했다. 혈압 140이 넘으면 채용되지 않는다. 대기업 공사현장은 일반 현장과 여러모로 달랐다. 인력 구성도, 월급 지급 형태도, 출퇴근 방식도 판이했다.

이곳은 인력사무소를 거치지 않는다. 건설업기초안전보건교육 이수증을 소지하고 있으며 신체 건강한 사람이라면 누구나 취업할 수 있다. 보통 하청 업체에 소속된다. 오전 7시까지 출근해 사인을 하고 집단 체조를 마친 뒤 작업에 들어간다. 아침밥은 개인적으로 알아서 해결한다. 집에서 먹거나 함바(현장 식당)에 들러 일찍 먹는다. 이곳 노동자들은 날씨에 구애받지 않는다. 건물 내 작업이 대부분이기에 눈비가 내려도 쉬지 않는다. 야외 작업을 해야 하는 경우라면 소일거리를 만들어서라도 일을 시킨다. 출근해서 일을 못하고 집으로 돌아가는 불상사는 음주 출근, 복장·안전 지침 불량을 빼고는 없다. 노동자 스스로 그만두지 않는 이상 시공이 끝날 때까지 잘리지도 않는다.

대기업 공사현장 노동자들은 20대부터 60대까지 골고루

분포돼 있다. 여기선 열 살 차이든 마흔 살 차이든, 기공이든 조공이든 간에 모두가 반장님이다. 팀원들이 안전한 작업을 할 수 있도록 주변 상황을 정리하고 통제하는 유도원 여성은 '이모'로 통칭된다. 대부분 50대 이상으로 젊은 여성은 극소수다. 보통 한 자리에 장시간 서 있는 일이 많아 다리 관절 통증을 호소한다. 이들은 호주머니에 사탕과 비스킷을 넣어 다니며 반장들에게 나눠준다. 서로 친밀도를 높이기 위한 작은 선물이자 피로에 지친 이들을 위한 달달한 서비스다.

일당은 그날그날 받는 게 아니라 철저하게 월급제다. 잡부라고 해도 중소 건설사 계약직이기 때문이다. 4대보험과 세금을 제외한 돈이 월마다 꽂힌다. 그런데 그달 일하면 그달 말에 받는 게 아니다. 1월에 일한 월급을 2월 말에 주고, 2월에 일한 걸 3월 말에 주는 식이다. 처음 입문한 사람이 월급을 받으려면 거의 두 달이나 걸리는 셈이다. 이렇게 유보된 임금을 현장에서는 '쓰메끼리'라고 부른다. 쓰메끼리는 손톱깎이를 뜻하는 일본어인데, 건설현장에서는 임금 체불로 이어지곤 하는 유보 임금이 노동자들의 손발톱을 모두 깎아버려 사업주에게 저항하지 못하도록 하는 족쇄가 된다는 뜻으로 쓰인다.

대기업 현장에서는 외국인 노동자를 고용하지 않는다. 첨단 반도체 시설이 주를 이루기 때문에 보안상의 이유가 크다. 일반 현장에선 안전모와 안전장치 착용 규칙이 잘 지켜지지 않는 경우도 있지만 대기업 현장에서는 공사장 밖을 나가지 않는 이상 계속 착용해야 한다. 적발되면 퇴출이다. 그만큼 안전에 대해 지나치다 싶을 정도로 엄격하게 통제한다.

대기업 건설현장은 전국 각지에 흩어져 있는 편이다. 경기도 이천·여주·파주·용인·평택에 대규모 일자리가 있고 충남 아산·당진, 충북 청주·오창·음성·진천, 세종, 경남 거제·고성, 울산, 경북 포항·구미 등에도 있다. 노동자들은 한 곳의 현장 일이 끝나면 다른 지역 현장으로 옮긴다. 대기업 현장에서 일해본 사람들은 대부분 일반 건설현장 쪽 일을 가지 않으려 한다. 금전적인 면이나 안전상의 이유에서다. 고용 안정 면에 있어서도 대기업 일이 합리적이다.

*

"느그 아부지 뭐하시노?"

초등학교 시절, 사람들이 아버지 직업을 물으면 나는 곧바로 대답하지 못했다. 친구가 물어도, 담임선생님이 물어도 잠시 머뭇거렸다. 그땐 농사짓는다고 말하는 게 괜히 창피했다. 농부란 말이 목구멍에서 턱턱 걸렸다. 농사꾼의 아들로 태어난 아버지는 한평생 부끄럼 없이 땅을 일궜다. 가족 나들이나 외식은 상상도 못 했고, 취미생활도 없이 새벽에 일어나 잠들 때까지 쉼 없이 일만 했다. 그렇게 헌신했던 아버지의 직업을 부끄러워했던 나의 생각이 부끄러운 것이었음을 깨닫기까지는 꽤 오랜 시간이 걸렸다.

그때의 아버지처럼 나도 새벽에 일어나 밤까지 일했다. 그런데 막노동을 하면 할수록 마음 깊은 곳에서 자부심이 자라났다. 부끄러움은 없었다. 대기업 공사라서가 아니었다. 막노동도 하나의 귀중한 직업이란 생각이 들었다. 직업에는 귀천이 없다는 걸 배웠다. 직업의 귀천은 누군가 만들어주는 것이 아니라 바로 자신이 만드는 것이었다. 내가 하고 있는 일에 긍지를 가지니 더없이 만족했다. 자식들에게도 당당해졌다.

"느그 아부지 뭐하시노?"

누군가 물으면 막노동한다고 솔직하게 말하라 했다. 땀냄새에 흙투성이인 작업복이 초라할지는 몰라도 절대 부끄러운 직업이 아니라고 말이다.

월급 통장에 찍힌 지문

한 달을 또 무사히 넘기고 새달을 맞이할 즈음 여러 가지 변화가 생겼다. 일도 제법 손에 익었고 팀원들과도 친해졌다. 타워크레인 기사와 무전기로 소통하면서 자재를 상하로 이동시키는 신호수 교육도 받았다. 시험도 가볍게 통과했다. 이들은 빨간 안전모를 쓰고 빨간 조끼를 입는다. 장비와 안전 통제를 담당하는 유도원 시험에도 합격했다. 문제는 몸이었다. 팔, 다리, 어깨, 무릎 등 온몸이 아파오기 시작했다. 그 통증은 운동이나 취미활동으로 생긴 통증과는 달랐다. 앓는 소리가 저절로 나왔다. 아직 팔팔한 줄 알았는데 착각이었다. 몸이 늙어가는 걸 느꼈다. 내 몸의 징후를 발견한 팀장은 시시때때로 건강을 염려했다.

"서두르지 말고 보조 맞춰서 하세요. 젊은 애들은 쌩쌩하지만 나이 먹은 사람들은 금방 골병들어요. 저도 오십 줄 걸쳤는데 안 아픈 데가 없어요. 카센터 수리 맡기듯 쉬는 날엔 꼭 병·의원 가서 고장 난 부분 점검받아야 합니다. 오래 일하려면 그러는 수밖에 없어요."

팀장의 말이 무엇을 뜻하는지 알 것 같았다. 나는 직영 소속이었다. 직영은 하청 건설사 소속 잡부다. 하청 소장의 명령을 받아 온갖 잡일을 한다. '직영 일당엔 땀값은 없고 참값(밥값)만 있을 뿐'이란 얘기가 있을 만큼 일 자체가 아주 힘든 건 아니었다. 팀장도 반장들을 달달 볶지 않았다. 드넓은 현장에서 죽어라고 해봤자 표도 안 나고, 일찍 끝낸다고 해서 퇴근이 빨라지는 것도 아니었다. 주어진 일에 최선을 다하되 몸을 사리면서 일하라는 게 대체적인 룰이었다.

팀장의 주문과는 달리 나는 일하는 데 요령이 없었다. 나잇값 못 하고 잔꾀 부린다는 소릴 듣지 않기 위해 젊은 사람들보다 더 몸을 굴렸다. 특히 몇몇 이모들은 나를 보면 "일을 진짜 열심히 하셔요." "젊은 사람보다 더 성실하셔요." 라며 사탕발림을 자주 했다. 그 말을 들으면 쑥스러우면서도 더 많이, 더 빨리하려고 서둘렀다. 칭찬이 되레 노동을 부추겼다.

현장 일이 항상 바쁜 건 아니었다. 일이 몰아칠 땐 폭풍처럼 왔다가 또다시 한동안 폭풍 전야가 되길 반복했다. 일거리가 없어서 빈둥빈둥 눈치 보는 날도 많았다. 쉼과 일사이를 활용해야 했다. 나는 일할 땐 마치 죽을 듯이 덤볐고, 쉴 땐 똥 마려운 강아지처럼 안절부절못했다. 일을 안하고 가만히 있으면 갑갑하고 불안했다. 시간도 더디 갔다. 30분이 3시간 같았다. 원인 불명의 조급증과 강박이었다. 좋게 말하면 남한테 도움은 못 되더라도 피해는 주지 말자는 생각이었지만 실상은 직급에 맞지 않는 책임 의식, 즉 오지랖이었다. 팀장과 젊은 사람들에게 인정받고 싶은 생각이 앞섰던 것도 같다. 시간이 가면 차차 알게 될 것인데도 현장의 'A to Z'를 빨리 알고 싶었던 것이다.

그러면 여지없이 최 반장이 나타나 한마디 했다.

"형님, 그런다고 돈 더 주는 거 아녜요. 쉴 땐 쉬세요."

그는 나와 20년 이상 나이 차이가 났지만, 현장 일에 있어서는 10년 선임이자 멘토였다. 현장 일엔 요령이 필요했다. 팀원들은 안전관리자와 CCTV가 없으면 구석이나 은폐된 곳에서 휴대폰을 보며 쉬었다. 시키는 일만 했고 무리하는 법이 없었다. 늘 쉬엄쉬엄했다. 일한 만큼 벌길 원했고 주는 만큼 일했다. 그렇다고 농땡이를 피우는 것도 아니었다. 팀장의 지시를 잘 따르고 안전하게 일하려고 했다. 요령 없이 부지런하기만 하고, 요령 없이 시간을 쏟아 붓고, 요령 없이 들이댄다고 해서 일이 눈에 띄게 진척되는 건 아니었다. 그들은 나에게 딱히 요령을 알려주진 않았어도 요령대로 일하길 원했다. 열심히만 하면 금세 지치게 되고, 어느 순간 일이 지겨워지게 되니까. 요령 없고 성실한 사람은 점점 모든 것들이 처리해야 할 일투성이로 느껴진다. 그러니 막무가내인 나의 행동이 곱게 보일 리 없었다. 눈치 없는 몰입은 오버 페이스over pace였다. 그러면 그럴수록 몸은 속도감 있게 망가졌다. 하루가 다르게 골골대는 부위가 늘어가고 있었다.

'내가 머슴처럼 일하는 건가?' 의문이 들기 시작했다.

*

1980년대 초까지만 해도 극소수였지만 개인 집에 머슴이 있었다. 머슴을 둘 정도면 꽤 괜찮게 사는 축에 속했는데 우리 집에서도 '윤백'이란 이름을 쓰는 사람이 과수원 일을 도왔다. 머슴은 지금으로 치면 임금을 받는 노동자다. 그는 농사와 잡일들을 해주고 새경이라는 것을 받았다. '새경'은 한 해 동안 일한 대가로 받는 품삯을 말한다. 주로 쌀이나 곡식으로 줬고 현금이 있을 땐 1년 치, 몇 년 치를 계산해서 지불했다.

정확히 말하면 윤백 씨는 고지雇只 머슴이었다. 일정 기일 노동을 하면 일정량의 토지와 식량을 주는 조건이었다. 1년 단위로 고용하면 머슴, 달 또는 계절로 고용하면 달머슴月傭, 반머슴季節傭이라 불렀다. 그는 산봉우리처럼 수북이 담은 고봉밥(감투밥)을 하루 5~6끼 먹었다. 반찬이 부실했는데도 식사량이 엄청났던 게 기억에 남아 있다. 그는 우리 집과 온정적 관계였기에 몇 년 후 어머니가 결혼을 중매해 새 살림을 차려 분가했다.

당시 세시풍속에도 '머슴날'이란 게 있었다. 농사 준비가 시작되는 음력 2월 초하루다. 지역에 따라서 머슴날, 노비일, 일꾼날, 나이떡날, 농군의 날, 권농일, 선머슴날, 여종날이라고도 불렀다. 이날 사람들은 머슴들의 수고에 대한 보답으로 떡과 술을 내놓아 맘껏 즐기도록 했다. 동네 사람들 모두 모정(마을 정자)에 모여 돼지를 잡고 놀았다. 농번기 머슴들의 노동 시간은 이른 아침부터 잠자기 직전까지였을 만큼 지금의 노동과 비할 바가 아니었다. 1년 열두 달 쉼 없이 일하는 머슴들이 이날만큼은 허리띠를 풀어놓고 농악에 맞춰 흥겹게 즐겼다. 살림이 넉넉한 집에선 머슴들에게 돈을 주고 장터에 가서 맘껏 쓰도록 했다. 또 정월 대보름에 세웠던 볏가릿대를 내려 1년 농사의 풍흉을 점치기도 했다. 볏가릿대에 달아놓았던 오곡의 양이 처음보다 늘었거나 싹이 났으면 풍년이 들고, 그렇지 않으면 흉년이 든다고 생각했다.

사실 머슴날의 이면에는 무자비한 노동을 부추기는 꼼수가 숨어 있었다. 앞으로 더 열심히 일하라며 베푸는 암묵적 잔치였던 셈이다. 시간을 거슬러 갑자기 머슴 생각이 떠오른 것도 이때쯤이었다. 현장은 그렇게 강요하지 않았는데 나는 머슴처럼 일하고 있었다. 나 스스로 노동을 부추겼고 혹사를 자처하고 있었다. 어쩌면 노동자 동료보다 주인(업체)에게 더 신경 쓰고 있었는지도 모른다. 아니면 새경을 받기 위해 스스로 굴종을 자처했을 수도 있다.

업체는 이른 시일 내에 일이 마무리되길 원했다. 그렇게 해야 이윤 폭이 크기 때문이다. 업체는 직원을 현장에 상주시켜서 관리·감독한다. 때문에 업체 직원이 나타나면 노동자들도 괜스레 눈치를 볼 수밖에 없었다. 하지만 팀원들은 머슴이길 거부했고 머슴처럼 일하지 않았다. 현재를 살아가는 평범한 노동자였다. 그런데 내가 그들 밖에서 따로 놀고 있었다. 팀원들이 나를 소외시키는 것이 아니라, 내가 그들을 물외로 밀어낸 것이다. 현장 일이란 혼자서는 감당할 수 없다. 혼자 열심히 한다고 해서 좋은 소리 듣는 것도 아니고, 혼자 그 많은 일을 해낼 수도 없다. 보조를 맞추는 일, 보폭을 맞추는 일, 눈빛을 맞추는 일이 기본이었다. 이때부터 나는 현장의 문법을 이해하려고 노력했다.

보통 일과는 오전 7시부터 오후 5시까지로 2시간에 한 번씩 30분 휴식하고 점심시간은 2시간 주어진다. 이때 점심시간을 뺀 8시간을 1공수(한 대가리)라고 한다. 오전 7시~오후 7시는 1.5공수(쩜오 대가리, 연장), 오전 7시~밤 10시는 2공수(두 대가리, 야근)다. 공수(일당)를 막노동판에서는 '대가리'라고 부른다. 조출(조기 출근)은 오전 5시부터이고 그만큼 일당이 늘어난다. 막노동꾼들이 선망하는 철야 근무는 저녁부터 다음 날 오전까지 8시간 일하는 2~2.5공수다.

월급은 출근 일수에 따른 공수 합계로 받는다. 조공 기준으로 일당이 14~18만 원이니 일반 현장보다 세다. 야근까지 하는 날엔 일당으로 30~40만 원을 받는 셈이다. 해종일 뛰면 한 달에 700~800만 원은 족히 벌 수 있는 구조다. 나는 일주일에 1공수짜리 1회, 1.5공수짜리 4회를 뛰었다. 토요일과 일요일은 휴무이니 한 달 벌이가 400만 원쯤 됐다. 나이를 고려하면 제법 쏠쏠한 액수였다.

*

평화롭고 조용한 한낮, 흡연장에서 담배 연기가 뿌옇게 흩날렸다. 팀원들은 필터를 잘근잘근 씹어가며 신나게 뻐끔거렸다. 야외 흡연장은 구멍이 숭숭 뚫린 차광막으로 위쪽을 가렸고 사방은 열려 있었다. 30명 정도가 일제히 피우면 흡연장 안은 금세 연기로 가득 찼다. 휴식 시간에 담배 피는 장소까지 오려면 상당한 거리가 있어서 보통 한 자리에서 2~3대는 피웠다. 대부분 골초였다.

최 반장이 콰악! 하고 침을 뱉었다. 반사적으로 인상이 찌푸려졌다. 뒤이어 박 반장도 콱! 했다. 이 소리는 전염되듯 곳곳에서 산발적으로 터졌다. 가늘고 날카로운 가시가 목울대를 긁는 듯 탁했다. 하지만 그들의 행동을 이해할 수는 있었다. 현장은 실내외를 막론하고 먼지투성이였다. 마스크를 써도 콧속이 새카매졌다. 당연히 목구멍이 칼칼해 불편할 수밖에 없었다. 그래서 '목 토시'라고 불리는 넥 워머neck warmer를 뒤집어쓴 노동자들이 많다. 눈만 내놓고 얼굴 전체를 감싸기 때문에 먼지를 막아주고, 특히 겨울엔 방

한 효과까지 있다.

박 반장이 담배 두 모금을 연달아 빨면서 말했다.

"형님, 일은 할 만합니까? 대기업 현장은 작업 거부권이
란 것도 있으니 몸 사리면서 하세요. 부당한 일을 시키면 거
부하셔도 됩니다. 괜찮다고만 하지 말고 때론 힘들다고도
말하세요."

그는 혼자 짊어지지도, 감내하지도 말라고 했다.

"일반 공사현장은 공기에 맞춰 일을 다그치거나 무리한
작업을 요구하기도 하지만, 대기업 현장은 안전을 최우선으
로 하니까 그런 점이 좋아요. 월급제라 현장 소장에게 머리
조아리며 일당 받을 일도 없고……. 눈치 볼 필요 없어요."

산업안전보건법 제52조 1항은 "근로자는 산업재해가 발
생할 급박한 위험이 있는 경우에는 작업을 중지하고 대피
할 수 있다."라고 명시하고 있다. '근로자의 작업중지권'이
다. 작업중지권은 위험으로부터 노동자가 자신의 생명과
안전을 스스로 지킬 수 있도록 하는 최소한의 장치다. 하지
만 현장에서 사용되는 경우는 드물다. 당연한 권리임에도
'을'인 노동자로선 '갑'인 사용자에게 당할 여러 불이익을
걱정한다. '작업거부권'은 위험하다고 판단될 경우 노동자

가 불이익 없이 언제든 작업을 중단할 수 있어 작업중지권보다 더 강한 권리다. 팀장은 아침 미팅 시간에 다른 공사 현장에서 일어난 사건들을 얘기하며 안전 불감증을 환기시켰다. 타 지역 현장에선 2인 1조로 일해야 하는 위험 업무를 혼자 하다 사망한 사고도 있었다. 예방 조치가 없는 일은 거부할 수 있어야 하는데, 전혀 그럴 수 없는 현실이 안타까웠다.

"아, 나도 작업거부권 한번 써봐야 하는데……."

박 반장이 진담 같은 농담을 던질 즈음 팀장이 다가오며 소리를 빽 질렀다. 서 팀장과 오랜 기간 호흡을 맞춰온 팀원들은 서로 격의 없이 지냈다. 팀원들은 그를 팀장이 아닌 형님처럼 대했다.

"야, 잡담들 하지 말고 작업하러 가자."

역시나 작업거부권을 말하거나 사용하는 사람은 없었다.

하루하루가 고통스럽게 지나가면 일주일이 쌓이고, 그 일주일을 견디다 보면 월급날이 다가왔다. 더딘 한 달이었지만 통장에 찍힌 액수를 보는 순간 피로가 싹 가셨다. 깜짝 놀랄 만큼 두둑했다. 부모님께 용돈을 드릴 수 있고, 자식들에게 마음껏 통닭을 살 수 있으니 날아갈 듯 기뻤다.

인생의 성공은 통장 잔고가 아니라 자신을 사랑하는 사람들의 숫자라고 했다. 아무리 돈이 많아도 사람이 없으면 가난하다. 매달 월급 통장에 찍히는 숫자를 보며 희망의 풀무질을 하는 것은 나를 바라보는 사람들, 나와 함께 살아가는 가족이 있기에 가능했다.

나는 막노동을 통해 간만에 돈을 쥐었다. 이 월급은 직장생활을 하면서 받았던 돈보다 더 뜨거웠다. 1000원, 1만 원의 의미가 남달랐다. 이 돈을 벌기 위해 쥐구멍 같은 배관 사이를 헤집고, 몸무게보다 더 무거운 자재들을 나르고, 땟국이 줄줄 흐르는 옷을 쥐어짜며 일했다. 월급엔 지나간 1개월의 지난한 시간들이 지문처럼 남았다. 내 힘으로 돈을 벌 수 있다는 것 자체가 행복했다.

'별'을 보고 출근해 '달'을 보며 퇴근하는 일이 마냥 싫지 않았다.

노동자가 꾸는
꿈의 풍경

　간밤에 군대 꿈을 꾸었다. 해발 600고지에 있는 작은 부대였다. 분지 위에 헬기장이 있고 막사와 식당, 보급창고, 수송부대 차고, 야외 재래식 화장실, 당구장이 보였다. 식당과 막사 사이엔 족구를 할 수 있을 정도의 작은 공터도 있었다. 실제로 내가 복무했던 곳과 같았다.

　꿈에서도 얼차려를 받는 듯했다. 군복이 마치 수의囚衣처럼 땀에 흠뻑 젖었다. 꿈은 같은 장면으로 계속 반복 재생됐다. 지루하고 긴 하루의 반복이었다. 그 순간 꿈에서 깨어났다. 깊은 탄식과 함께 안도의 한숨이 나왔다. 옷은 꿈에서처럼 흠뻑 젖어 있었다. 꿈이어서 얼마나 다행인지 싶었다. 반복을 견디는 일이 군대라고는 했지만 35년 전의 악몽이 되살아나자 마음이 흔들렸다. 막노동 또한 반복을 견디는 일이었기 때문이다.

*

돈을 열망하는 사람들이 불나방처럼 모여드는 곳, 비록 현재는 누추하나 잠시 인생의 소낙비를 피해 희망을 찾는 열린 은거지. 노동자들은 '리얼 서바이벌 격전지' 같은 막노동 현장을 잠깐의 서식지로 삼고 있었다. 전국 각지에서 온 이방인들은 저마다 푸른 꿈을 꾸었다. 가지각색의 사연은 대부분 무채색에 가까웠다. 무표정한 얼굴 속에 가려진 비애는 그들이 살아온 삶에 묵언의 그림자를 드리웠다. 나는 노동판에 뛰어든 이후 그들을 조금씩 이해하기 시작했다. 어쩌면 편하게 살았던 내 삶을 고통스러운 늪지로 옮겨 놓으니 노동의 고뇌가 보였는지도 모른다. 극한의 고통은 괴로움을 견딜 만하게 단련되어갔다.

10명의 팀원 중 2명을 빼고는 모두 아들 또래였다. 이들을 보니 아들 생각이 부쩍 났다. 큰아들은 종합병원 간호사다. 매일 중환자 병동에서 이름 모를 환자들의 수발을 들며 인고의 시간을 보내고 있다. 그런 청춘들의 내막을 알고 있으니 먼 타향까지 와서 막노동하는 젊은이들을 보면 더더욱 애정이 갔다. 이들은 젊은 전사였다. 가족과 떨어져 사는 외로움은 물론 친구들조차 만날 수 없는 상황에서도 힘든 일을 감내하는 모습이 짠했다. 아들처럼 잘해주고 싶다는 생각이 무시로 들었다.

나는 아침에 팀원들을 만나면 손을 잡거나 포옹했다. 이런 행동을 낯설어했던 그들도 시간이 지나자 먼저 다가와서 스킨십을 했다. 그러다 보니 자연스럽게 술자리도 많아졌다. 막노동을 시작한 지 두 달이 지났을 즈음, 최 반장과 선술집에 마주 앉았다. 최 반장은 일도 열심히 했고 일머리도 좋았다. 그는 조선소 출신이었다. 특히 말수가 적었는데 경상도 말씨가 귀에 쩍쩍 붙었다. 친하게 지내고 싶어 다가가면 한 발짝 달아나고, 거리를 두면 슬며시 다가오는 친구였다. 그래서 술자리까지 오는 데 시간이 걸렸다.

최 반장이 일하던 4년 전만 해도 조선소 일당은 12~13만 원 정도 됐다. 대기업 현장(16~20만 원)과는 4~7만 원 정도 차이가 났다. 업무 강도 대비 임금이 너무 낮고 위험한 일이 많았다. 태국 국적의 용접공들이 너무 힘들어 갑자기 잠적한 일도 벌어졌다. 이들 모두 E-7 비자(외국인 기술인력 취업비자)로 입국했지만, 법정 최저 수준의 임금을 받으며 고된 조선소 일을 버티고 있었다. E-7 비자를 발급받기 위해서는 취업 희망 분야에 5년 이상의 경력 혹은 학위나 자격증이 있어야 한다.

최 반장은 야근에 잔업, 특근, 주말 근무까지 자청했다. 하지만 손에 쥐는 돈은 얼마 되지 않았다. 조선소는 특성상 좁은 데 들어가서 용접하고 절단하는 육체노동이 많다. 몸무게 10㎏이 빠지는 것도 예사였다. 그는 "개잡부"라는 표현을 썼다. 조선소는 초보자가 많아야 돈이 되는 곳이다. 원청에서 내린 돈으로 하청은 숙련공을 적게 뽑고 초보자를 왕창 뽑는 식으로 돈을 번다. 그러니 신용정보, 범죄기록을 안 보는 경우조차 흔하다. 일 잘하는 사람을 힘들여 뽑지도 않는다. 하도급 노동자들은 최저임금 수준의 보수를 받는데, 연차가 쌓여 숙련공이 되더라도 처우는 별반 나아지지 않는다.

반도체 공사현장 노동자 중 다수를 차지하고 있는 부류가 조선소 출신이었다. 업종 불황이 장기화되고 외국인 노동자가 대거 유입돼 저임금이 고착화되자 바다를 떠나 내륙으로 흘러왔다. 이들을 가리켜 통칭 '조선족'이라 불렀다. 비하의 표현이 아니라 그만큼 조선소에서 온 사람들의 수가 많았기 때문이다. 그들이 얼마나 힘들게 일해왔는지는 일머리만 봐도 금세 알 수 있었다. 뚝딱뚝딱 척척 해냈다. 막노동 현장은 조선소 일에 비할 바가 아니라면서 힘든 기색조차 없었다.

폭탄주를 들이킨 그가 격정에 휩싸였다.

"절대 뛰지 마라, 뛰면 죽는다, 빠릿빠릿하게 움직이면 다친다. 신입 교육 때 그 말만 해요. 그런데 막상 물량이나 검사, 공사 기간 닥치면 말짱 도루묵입니다. 업체는 돈하고 관련된 건 다 단축하고 서두릅니다. 그러다 사고가 나는 거죠. 제가 일할 때도 툭하면 사망사고였습니다. 아, 이러다가 제 명에 못 죽겠다고 생각했죠. 그때 떠났고, 앞으로도 돌아가지 않을 겁니다."

조선사들은 10년 만에 찾아온 호황에도 마냥 웃을 수가 없다. 수주 계약은 따냈지만 정작 배를 만들 인력이 턱없이 부족하기 때문이다. 현장에서는 이대로라면 추가 수주는커녕 건조 중인 선박들의 납기조차 못 맞출 것이라는 우려가 나오고 있다. 생산 인력에 업무 부담이 가중되며 이탈자가 속출하는 악순환의 조짐도 보인다. 조선소를 이탈한 노동자 10명 중 7명은 조선소로 복귀할 의사가 없다. 조선 산업 종사자 수는 2014년 20만 명에서 2022년 11월 9만 5000명으로 50% 이상 감소했다.

이러한 문제가 표면화된 것이 2022년 여름에 있었던 대우조선해양 하청노조의 파업 사태다. 원청인 대우조선은 그 부담을 하청업체에 전가했고 이는 고스란히 하청 노동자의 소득 감소로 불똥이 튀었다. 15년차 하청노동자의 2021년 소득은 3429만 원으로 이는 7년 전인 2014년 4974만 원에서 31%나 줄어든 것이었다.

창밖에 눈발이 휘날리기 시작했다. 그토록 희고 굵은 눈은 참으로 간만이었다. 노동자들의 결핍과 갈망을 위로하기라도 하듯 펑펑 쏟아졌다. 최 반장의 눈망울에서 흰 눈이 잠깐 비쳤다 사라졌다. 그의 눈동자에 잠시 히말라야 거산의 설경이 그려졌다. 그건 그가 꾼 꿈의 풍경일지도 몰랐다.

브라보,
우리의 억척 인생

막노동 일터에서 만난 사람들은 유독 상처가 많았다. 나름 열혈 인생을 살았지만, 벼랑 끝에 내몰린 경우였다. 막노동판을 전전하다 돈 대신 병을 얻게 된 사람, 묘령의 여자를 만나 행복을 꿈꿨지만 사기를 당한 사람, 홀어머니의 병원비를 위해 막일에 아르바이트까지 뛰는 사람, 공부를 접고 일찌감치 돈 되는 일을 선택한 사람, 취업은 했지만 입사까지 시간이 남아서 생활비를 벌려고 온 사람 등 구구절절 사연들이 차고 넘쳤다.

중소기업을 운영하다가 부도를 내고 막노동 현장까지 떠

밀려 왔다는 중년의 변 반장은 아직도 빚더미에 눌려 산다고 했다. 이혼까지 당해 숙소에서 생활하며 재기를 꿈꾸지만 길이 보이지 않는다고도 했다. 그에게 남은 건 고급 외제차 한 대였다. 한때 잘나가는 사장님이었다는 걸 증명하는 유일한 자산이었다. 그는 직원을 30명 넘게 둘 만큼 번창했다. 그런데 신제품이 문제였다. 절삭가공 정밀부품을 생산해 대기업에 납품하고 있었는데 어느 날 불량품이 발생했다. 대기업 측이 전수조사를 요청했다. 그는 공장 가동을 멈추고 사람을 써서 이미 제작된 물량에 대한 불량률 조사에 나섰다. 그 과정에서 인건비, 유지비, 관리비용만 쌓여가고 회사 이미지는 추락했다. 한순간이었다. 어떻게든 살려보려고 어머니 땅까지 처분했지만 불가항력이었다. 명색이 중소기업인데 한순간에 맥없이 도산하는 걸 보고 참담함을 넘어 죽고 싶은 심정이었다. 그는 앞으로 성공 원칙이 아니라 실패하지 않는 원칙을 지킬 것이라고 했다. 열심히 벌어서 자그마한 편의점을 운영하는 게 목표라면서.

평택 대기업 공사현장에서 일하다 고향으로 내려온 김 반장은 치킨집 개업을 준비 중이었다. 한 달에 700~800만 원을 꾸준히 벌어 목돈을 마련해놨다. 모아둔 종잣돈에 대출을 보태면 충분히 창업할 수 있겠다는 계산이었다. 그는 하루 4시간씩 자면서 연장에 야근까지 감당해온 악바리였다. 아무리 밟히고 뽑혀도 다시 소생하는 잡초 같은 DNA를 지닌 것 같았다. 그는 5년간 피웠던 담배도 단칼에 끊었고, 즐기던 술도 월급날 외에는 마시지 않았다.

　나와 친하게 지냈던 기공 유 반장은 서른 초반이었다. 그는 결혼 3년 차에 두 딸을 두고 있었다. 처음엔 총각인 줄 알았는데 휴식 시간에 아내와 휴대폰 화상 통화를 하는 걸 보고 기혼자임을 알았다. 아내의 얼굴과 어린 두 딸이 화면에 비치는 순간 울컥하는 모습이 보였다. 그는 씩씩한 척, 강한 척했다. 큰소리로 아내와 아이들에게 2개월 후에 만나자고 약조하는 모습에 나까지 울컥했다. 2개월 후라니…… 다가오는 주말에 가면 될 텐데 후일을 기약하는 걸 보고 놀랐다. 나중에 그의 얘기를 듣고서 오해가 풀렸다. 그는 5년 내 거제도에 식당을 차릴 목표를 가지고 있었다. 가족의 단꿈은 그때까지 유예 중이었다. 당장은 보고 싶어 달려가고 싶지만 참을 수 있다고 했다. 현재 아내는 남의 식당에서 일하고 있었다. 이들은 젊을 때 악착같이 벌어 자기들만의 사업체를 일구겠다는 꿈을 꾸었다. 아내와 잠시

만 떨어져 있어도 외롭다고 투정을 부렸던 나의 늙은 사랑이 부끄러웠다. 나는 그날 이후 유 반장의 팬이 됐다.

소방관 시험 준비를 하다가 조공이 된 서른 살 임 반장은 자수성가를 꿈꿨다. 대기업 건설공사 채용공고를 보고 이거다 싶어 막일에 뛰어들었다고 했다. 고향 집을 떠나올 때 그의 손에는 달랑 2만 원이 쥐여 있었다. 업체에서 숙소 잡아주고 밥도 제공해주니 돈 쓸 일이 별로 없다면서 2~3년 열심히 벌어 전세 자금을 마련할 계획이라고 했다. 그는 노동판을 하나의 게임이라고 생각한다고 말했다. 이기기 위한 게임이 아니라 지지 않기 위한 게임이었다. 그래서 청춘의 시간을 아껴 쓰고 있었다.

그는 결혼 자체를 거부하는 비혼주의자였다. 연애하면 돈을 모으지 못할 것이라는 것이 이유였다. 집에 손 안 벌리고 스스로 자립할 때까지 안 쓰고 버티겠다는 것이다. 그의 결기가 무서웠다. 연애, 결혼, 출산을 포기한다는 '3포세대'란 말이 떠올랐다. 여기에 집, 경력, 인간관계, 희망, 건강, 외모까지 많은 것들을 포기해야 하는 'N포세대'의 비애마저 느껴졌다. 임 반장에게서 연애조차 편하게 할 수 없는 2030세대의 아픈 절규를 절감했다. 연애와 결혼의 의미가 물질의 양에 따라 재단되는 현실이 아팠다.

나는 청춘이라는 말을 다시 곱씹었다. 사람들은 청춘을 무엇이든지 할 수 있는 시기, 고생도 사서 하는 나이, 패배하고 쓰러져도 웃을 수 있는 찬란한 시기라고 쉽게 말하지만 이 시대의 청춘들은 그렇지 못한 것 같았다. 젊은이들은 누구에게도 의지하지 못한 채 각자도생의 삶을 살고 있었다.

몇 번의 고시에 실패해 현장에 온 청년도 있었다. 부모님에게 손 벌리는 게 너무 죄송하다고 했다. 그는 거의 한 달을 주말도 없이 뛰었다. 평일엔 대기업 현장에서, 토요일과 일요일엔 일반 공사현장을 찾아 일했다. 하루라도 빨리 목돈을 마련해 부모님에게 조금이라도 도움을 드리고 싶다는 게 이유였다.

50대의 중년들은 본업이 비수기를 맞아 몇 개월만 일할 생각으로 온 경우가 많았다. 이들 대부분은 농사꾼이었다. 수확을 끝내고 겨울에 마땅히 할 일이 없어 막노동판에 뛰어든 것이다. 모두들 참으로 억척같은 사람들이다.

젊음을 불태워 희망을 꽃피우는 열혈 청년들. 당장의 불행을 딛고 행복을 예비하는 사람들. 이들은 현실에 안주하지 않았다. 그러다 보니 이직이 잦은 편이었다. 일감이 줄어 공수가 적게 나오거나 타 업체에 비해 단가(일당)가 적을 경우 미련 없이 짐을 쌌다. 일이 힘들다거나 팀원과의 호흡이 맞지 않아 떠나는 비율보다 훨씬 많았다. 단기간 일해 보고 아니다 싶으면 이직을 결행하기도 했다. 모두 합당한 노동의 대가를 원했고 몸값을 제대로 올려 받길 원했다.

떠날 땐 말없이 갔다. 친한 동료 외에는 귀띔조차 하지 않았다. 별안간 이별했다. 어차피 돈벌이가 목적이기 때문에 정에 이끌리거나 여타 사정을 봐줄 겨를이 없었다. 온정보다는 냉정을 택했다.

*

"하다 하다 안 되면 노가다라도 한다."라는 말은 진짜 현실을 모르는 사람들이 하는 말이다. 나에게 막노동은 새로운 시작과 생존을 위한 몸부림이었다. 처음 입문하는 사람들도 당장 절박하기에 겁을 내지 않았다. 상처를 잊기 위해 상처를 기억하듯, 상처에 직면해도 도망치지 않았다. 이겨내려고 애썼다. 그런 강인한 생각들이 모이면 마음속에도 굳은살이 생겼다. 그 굳은살은 살아 꿈틀거리는 노동자의 근육이었고, 반복의 고됨을 이겨내게 하는 힘이 되었다.

내가 일터에서 현역으로 뛰는 것도 자식에게 짐이 되지 않기 위해서다. 의지하지 않고 자립하고 싶었다. 여기에 자식들의 독립이라는 과제도 남아 있었다. 거기에 조금이라도 보탬이 되기 위해서, 작게나마 부모의 역할을 하고 싶어서 일을 하려는 것이다. 막노동 현장에서 만난 사람들을 보니 그 마음이 더 단단해지는 느낌이었다.

막노동은 결코 슬픔으로만 점철되지 않는다. 자신의 일을 좋아하는 사람은 때론 남이 일한 흔적까지 좋아하게 된다고 한다. 피해 갈 수도 마주할 수도 없는 상황에서 많은 사람들은 절묘한 회피를 선택하지만, 이곳에서 일하는 노동자들은 도망치지 않고 자기 삶에 정면으로 맞선다.

물은 100℃가 돼야 끓는다. 1℃가 모자라면 영원히 끓지 않는다. 포기하고 싶은 그 1℃가 견뎌내야 할 인내의 비등점이다. 나는 버티기로 마음먹었고 잘 버틸 것 같다는 자신도 있었다. 지금 주저앉는다면 나의 인생은 99℃에서 멈추게 된다. 그러니 1℃를 위해 새벽길을 나설 수밖에 없었다.

그건 두렵지 않은 일이었다.

나는 막노동을 통해 간만에 돈을 쥐었다.

이 월급은 직장 생활을 하면서 받았던 돈보다 더 뜨거웠다.

1000원, 1만 원의 의미가 남달랐다.

이 돈을 벌기 위해 쥐구멍 같은 배관 사이를 헤집고,

몸무게보다 더 묵직한 자재들을 나르고,

땟국이 흐르는 옷을 쥐어짜며 일했다.

월급엔 지나간 1개월의 지난한 시간들이 지문처럼 남았다.

내 힘으로 돈을 벌 수 있다는 것 자체가 행복했다.

'별'을 보고 출근해 '달'을 보며 퇴근하는 일이

마냥 싫지 않았다.

잘 먹고, 잘 싸고, 잘 자기

막노동판, 특히 대기업 현장은 일반 공사현장보다 상대적으로 안전하고 합리적이다. 그럼에도 인간의 원초적인 욕구를 해결하는 방식은 비슷했다. 점심은 보통 '함바'를 이용한다. 함바飯場·はんば는 건설현장 안에 지어놓은 간이식당으로 '함바집', '현장식당', '건설현장식당'이라고도 부른다. 보통은 소속 업체에서 지정해준 식당 두세 곳에서 장부에 사인한 후 먹거나 식권을 받아 이용한다. 식권을 사용하면 3500원 정도이지만 현찰을 내고 먹으면 6000원쯤 되며, 보통 두 끼나 세 끼를 준다. 식권 대신 일당에다 식비(1만 원 정도)를 포함하기도 하는데, 이럴 땐 자비로 끼니를 해결

해야 한다. 현장을 떠나는 사람들은 미처 사용하지 못한 식권을 당근(중고 거래 플랫폼)을 통해 거래하기도 하고, 노동자끼리 직거래로 사고팔기도 한다.

함바 메뉴는 한식 뷔페로 매일 반찬과 국이 바뀐다. 가성비로 따지면 절대 나쁘지 않다. 대부분의 식당 업주는 음식을 갖고 장난치지 않는다. 막일하는 사람들에게 끼니는 힘의 원천이기에 자칫 부실하게 나오면 금세 입소문이 돌아 장사하기 곤란해질 수도 있다. 이 때문인지 반찬에 고민한 흔적들이 보인다. 하지만 아무리 맛있는 집이라고 해도 반복해 먹다 보면 물리기 마련이어서 함바를 한 곳만 다니지 않는다. 서너 곳을 순회한다. 식권 한 장을 빵, 음료와 교환해서 먹기도 한다.

문제는 함바를 이용하지 않는 경우다. 현장 주변에는 함바를 제외하면 대개 편의점밖에 없다. 선택지가 없다. 도시락을 싸 오는 사람도 드물거니와 현장 내에서의 무단 섭취는 허용되지 않는다. 고육지책은 편의점 도시락이나 김밥, 햄버거, 컵라면 등 간편식뿐이다. 편의점 음식이란 게 편의성은 두드러지지만 집밥 같은 편안함은 없다. 이를 며칠 내내 먹으면 입에서 전자레인지 돌아가는 맛이 난다. 때로는 살기 위해 먹는 것인지, 먹으니까 사는 것인지 분간이 안

간다. 식탁도 부족하고 좌탁도 없어 로비 바닥에 주저앉아 먹는 사람들도 있다. 심지어 화장실 지척에 자리를 틀고도 거리낌 없이 먹는다. 입口과 입入·출出이 혼재된 장소여서 만감이 교차하는 식사다.

*

노동자들에게 바닥은 단순히 장소만을 의미하지 않는다. 막노동을 한다고 하면 인생 밑바닥까지 간 거라고 말하는 사람들이 있는데, 그곳은 한낱 바닥이 아니라 사람이 옹기종기 모여 앉아 먹고 자고 삶을 부여잡는 곳이다. 인생 밑바닥이 아니라 일상 언저리에 든든히 뿌리를 내린 나무의 밑동이다.

간혹 실내가 아닌 야외 작업장에 나갈 때도 있는데, 이런 날의 점심은 평상시보다 특별하다. 보통은 컵라면을 먹지만 이곳에선 봉지라면을 직접 끓여 먹는다. 레시피가 따로 필요 없다. 어묵을 뭉텅뭉텅 썰어 넣고 파를 가위로 어슷하게 잘라 넣으면 끝이다. 여기에 김치 하나만 곁들여도 라면은 허기를 달래는 간편식을 뛰어넘어 하나의 요리가 된다. 진한 국물을 흡입할 때는 여느 해장과 비교할 수 없을 만큼 황홀경에 빠진다. 황태 국물 같기도 하고, 때론 홍합탕 같기도 한 시원함은 노동의 고단함을 달래주는 데 손색이 없다. 그 국물의 온도는 고단함에 지친 날 남몰래 옷섶을 적시던 뜨거운 눈물 온도와 같다. 어떨 땐 250℃로 달궈진 드럼통에 삼겹살이나 고구마·감자를 구워 먹기도 한다. 이는 남은 철근이나 고철 조각, 못 쓰게 된 파이프나 클립 등을 고물상에 판 돈으로 마련한 것이다. 고철을 1톤 트럭에 한가득 실어 가면 20~30만 원 정도를 받을 수 있다. 맛있는 거 사 먹고, 남는 건 조금씩 나눠 갖기도 한다. 막일꾼에게 가끔 주어지는 호사다.

노동자들은 바닥에서 쪽잠을 잔다. 점심시간 2시간 동안 어떤 노동자는 밥을 포기하고 잠을 택한다. 이 짧은 휴식은 노동자들이 오후를 견디게 해주는 에너지다. 그런데 나는 낮잠을 자지 못했다. 오래전부터 앓아온 불면증 탓이었다.

이 지병은 10년 이상 계속됐다. 기댈 곳만 있으면 잠이 쏟아진다는 군대에서도 고통을 겪었다. 남들은 눕자마자 쿨쿨 소리를 냈지만 내 눈은 말똥말똥했다. 어느 틈엔가 내가 기린이 됐다고 생각했다. 기린은 사바나에 해가 져도 잠들지 못한다. 달이 뜨면 먹이를 찾아다녀야 하기 때문이다. 기린이 잠드는 때는 해가 뜨기 전 잠깐뿐이다. 목을 길게 빼고 먹이를 찾는 기린의 삶은 쉽게 잠 못 이루는 내 일상만큼이나 고단할 터였다. 그나저나 한때 다 나았다고 생각했던 불면증이 여전히 남아 있었다. 막노동하면서 쪽잠이라도 자둬야 오후 일이 훨씬 버겁지 않은데 나는 여전히 기린이었다. 아무리 잠을 청해도 눈꺼풀에 어둠이 내려앉지 않았다.

대기업 공사현장은 여름 외에 잠잘 곳을 제공하지 않는다. 샵장이나 몽골 텐트, 계단, 공사 구간 내 취침은 퇴출감이다. 여름엔 차광막이 설치된 콘크리트 바닥에 비치 체어가 한정 수량만 주어진다. 휴대용 매트리스를 가져오는 사람도 제법 있지만 대다수는 간이 의자에서 졸거나 안전요원의 시선이 닿지 않는 곳에서 새우등처럼 굽은 모양새로 선잠을 잔다. 볕 좋은 날엔 공장 밖 잔디밭 위에 그대로 눕고, 궂은날엔 그 어딘가의 바닥에서 꿈을 꾼다.

콘크리트 바닥의 차가운 질감은 젊은날 가장 힘들었던 날을 떠올리게 한다. 스물한 살 때쯤으로 기억된다. 차비만 달랑 들고 서울 친구를 보러 갔는데 그날 친구와 연락이 닿지 않았다. 당시엔 휴대폰이 없었기에 연락할 방법이 없어 오도 가도 못하는 처지가 됐다. 날씨는 몹시 추운데 밤이 찾아왔다. 내가 선택할 수 있는 건 바람을 피할 장소를 찾아가는 것뿐이었다. 결국 나는 서울역 바닥에서 하룻밤을 꼬박

새울 수밖에 없었다. 노숙자들과 뒤섞인 밤이었다. 그 차가운 바닥은 온전히 나의 기억 속에 박혀 오래도록 불면의 가해자 역할을 했다.

막노동 현장에선 아무데서나 먹고, 아무데서나 쓰러져 잔다. 혼자라면 눈치라도 보겠지만 모두가 그렇게 하니 신경 쓸 일이 없다. 현장은 오로지 사람을 위한, 사람에 의한, 사람의 공간으로 돌아간다.

이 일을 하면서 가장 충격받은 건 '출出'의 문제다. 액면 그대로 배설 얘기다. 대기업 공사현장에는 가동 구간과 비가동 구간에 화장실이 있다. 실외 화장실은 컨테이너를 여러 개 겹쳐 만든 구조인데 양변기가 설치돼 있어 제법 신식이다. 그런데 낙서가 볼썽사납다. 저속한 조롱이 맞춤법도 틀린 채 희화화된다. 정치인을 씹거나 업체, 동료를 비난하는 내용도 있다. 누군가는 낙서하고, 누군가는 댓글을 달고, 누군가는 두 사람을 욕하고, 누군가는 덧칠해 지운다. 흡사 SNS나 온라인 게시판의 기원을 보는 듯하다.

잘 먹고 잘 싸고 잘 자는 것은 생존의 문제인 동시에 고된 하루를 견디게 하는 기본 조건이다. 이곳 노동자들의 3잘(쓰리 잘) 앞에는 '더'라는 부사가 붙는다. 더 잘 먹고, 더 잘 싸고, 더 잘 자야 한다. 살과 뼈를 마모시키며 달려가는 막일은 소모전이 아니라 온몸을 불사르는 백병전이다. 그러기에 밥, 똥, 잠은 그야말로 '소확행'에 해당한다.

*

서부 유럽 바닷가 항구에서 한 어부가 보트에 드러누워 낮잠을 자고 있었다. 길을 지나던 관광객이 어부에게 다가가 날씨가 좋은데 왜 고기를 잡지 않느냐고 물었다. 어부는 필요한 만큼 이미 충분히 잡았다고 답했다.

관광객은 답답해하며 "당신이 두 번, 세 번, 아니 그 이상 물고기를 잡으러 나가면 더 많은 돈을 벌 것"이라며, "1년쯤 뒤면 모터보트를 살 수 있고, 나중에는 어선도 사고, 냉동 창고, 훈제생선 창고, 공장, 헬리콥터까지 사게 될 것"이라고 말했다. 어부는 "그런 다음은요?"라고 되물었다. 관광객은 "그런 다음 이 항구에 앉아 햇살과 풍경을 즐기면 되지요."라고 답했다. 그러자 어부가 답했다. "내가 지금 그러고 있잖소."

독일 소설가 하인리히 뷜Heinrich Böll이 1963년 노동절 프로그램을 위해 쓴 단편소설 〈노동 윤리의 몰락에 관한 일화〉의 내용이다(이 소설은 전 세계에 여러 버전으로 각색되어 퍼졌다). 사람들은 이 이야기에서 노동의 의미나 진정한 행복을 발견했다고 말하지만, 나는 노동과 휴식의 밀접한 관계를 떠올렸다. 나는 막노동을 한 이후로는 주말을 알뜰살뜰하게 보냈다. 1분 1초도 허투루 쓰지 않았다. 예전엔 경험해보지 못한 한정된 시간의 소중함을 알았다. 가령 아침 6시부터 7시 30분까지는 산행, 7시 30분부터 7시 40분까지 샤워, 7시 40분부터 8시까지 식사, 8시부터 20분간 설거지하고 10시까지는 빨래 등등. 이렇게 시간을 쓰면 하루가 길게 느껴졌다. 그만큼 주말을 충분히 쉬는 것 같았다.

하루 4시간씩(주 5일) 10년간 1만 시간을 몰입하면 그 분야의 최고가 된다고 한다. 중요한 것은 1만 시간의 의도적인 연습 뒤엔 1만 2500시간의 의도적인 휴식이 있었다는 사실이다. 즉 집중해서 일하되 완벽하게 쉬었다. 휴식은 일의 반대 개념이 아니라 일의 동력을 비축하는 행위다. 주말의 쉼은 평일의 동력을 저장하는 일이었다. 그 이틀을 잘 사용하면 5일을 견디는 게 수월했다. 나는 잘 쉼으로써 일을 잘해내고 싶었다. 그래서 주말엔 항구에 누워 낮잠을 즐기는 어부는 못 되더라도 푹신한 소파에 앉아 햇살과 풍경을 즐겼다. 충실한 노동을 위해선 충분한 휴식이 더 절실했기 때문이다.

기자의 자존심 vs. 막노동꾼의 자존감

직업의 귀함과 천함은 사람들의 시선에 있는 것이 아니라 자신의 마음속에 달려 있다. 모든 일이 즐거울 수만은 없지만, 즐겁게 할 수 있는 일이라면 그게 천직이다. 이 세상은 원하는 대로, 꿈꾸는 대로 이뤄지지 않는다. 가만히 앉아 장밋빛 청사진을 바라고만 있으면 그야말로 '꿈'으로만 끝난다. 길은 문밖에 있다. 가끔은 울퉁불퉁하겠지만 가 볼 만한 길이다. 지름길만 찾다 보면 되레 오르막길만 보인다. 길을 찾고 방향을 잡다 보면 정신에도 근육이 붙는다.

나는 생전 처음 가보는 이 길에서 잘 버티기로 마음먹었다. 설령 잘못된 길일지라도, 잘못 선택한 길일지라도 묵묵히 걸어가보기로 했다. 숨이 턱밑까지 차올라 오르막에서 멈추더라도, 내리막길에서 브레이크가 파열돼 멈출 수 없더라도 이왕에 내디딘 그 길을 걸어가기로 했다.

*

1987년 캠퍼스는 최루탄과 화염병, 포악무도한 군사독재정부의 서슬 퍼런 압재가 밤이슬을 적시고 있었다. 당시 나는 투사가 아니라 들러리에 가까웠다. 민주화운동의 변방에 우두커니 서 있었고 유혈이 낭자한 거리에서 비껴나 막걸리에 취해 있었다. 대학을 무사히 졸업하고 나자 이번에는 백수의 어두운 그림자가 기다리고 있었다. 1년을 영화 시나리오 공부를 하며 소일했다. 사회에 진출할 수 있는 기본기가 없었는지 이력서를 83곳에 냈으나 번번이 퇴짜를 맞았다. 물론 낙방의 이유는 83가지가 넘었다. 전공인 신문방송학과 상관없는 이공계에 이력서를 넣은 것도 낙방에 한몫했을 것이다.

이후 번지수를 제대로 찾아 지방의 한 신문사에 입사했다. 기자의 길은 결코 원하던 바가 아니었다. 영화 쪽 일을 간절히 원했기 때문이다. 그러나 인생은 예상한 대로 흘러가지 않았다. 예상과 기대를 늘 비껴가면서 매번 시험대에 올랐다. 그렇게 시작된 기자 생활은 1년, 5년을 넘어 30년 가까이 총알처럼 흘러갔다.

나는 기자로 살지 않고 직장인으로 살았다. 어공(어쩌다 공무원)보다는 늘공(정통 관료)에 가까운 기자였다. 기자는 사명감을 가지고 국민의 알 권리를 충족시켜주기 위해 발로 뛰는 직업이었지만, 나는 취재와 편집은 물론 사설과 칼럼을 쓰고 심지어 광고 관리에도 발을 담갔다. 1인 다역의 사무직 직원 같았다. 때문에 자신감에 차 있었으나 자괴감에 빠진 날이 많았다. 1년 차, 3년 차, 6년 차, 9년 차 등 3의 배수로 위기가 찾아왔는데 그때마다 용케도 버틸 거리가 생겼다. 아기가 태어났고, 전셋집을 구했으며, 승진도 했다. 15년 차가 됐을 때 편집국 간부가 돼 있었고 논설위원까지 겸직했다.

회장과 사장단 앞에서 회사 발전에 대해 프레젠테이션을 하느라 수시로 불려갔고, 사장의 각종 행사 연설문 작성도 남몰래 전담했다. 몸은 하나인데 7~8가지 업무를 한꺼번에 하다 보니 폭음하는 회수도 덩달아 늘어났다. 그래도 불평불만을 하지 않았다. 누가 시켜서 한 게 아니라 내가 선택한 것이었다. 주말, 휴일은 물론 여름휴가까지 반납하면서도 일에 빠져들었다. 내가 없으면 신문사가 망한다는 착각으로 온몸을 바쳐 일하는 '회사 인간'이었다. 그냥 일하는 것이 아니라 막노동하듯이 일했다. 문제는 정신적인 노동이 육체를 좀먹는다는 거였다. 흔히들 정신이 육체를 지배한다고 말하지만, 실상은 둘 중 하나가 무너지면 둘 다 무너진다. 정신과 육체는 한쪽이 다른 쪽을 지배하는 것이 아니다. 결국 정신과 전문의도 만났다. 알약을 한 움큼씩 입에 털어 넣어야 머릿속을 시끄럽게 울리는 환청을 멈출 수 있었다. 아내에게만큼은 내 병증을 숨기고 싶었지만 결국 들키고 말았다. 아내가 나를 보며 우는 날이 많아졌다.

나는 매스컴과 인터넷, SNS상에서 기자들을 '기레기'라고 손가락질하는 장삼이사들의 의견에 공감하지 못한다. 설령 기레기가 있다 하더라도 대다수의 기자는 기레기가 아닐 것이기 때문이다. 기레기는 언론사 경영진들이 만드는 종족이다. 기사 쓰는 본분을 잊게 하고, 기자를 돈 벌어 오는 세일즈맨으로 전락시키는 장본인은 사주다. 그들은 월급 받으려면 월급보다 더 벌어 오라는 지상 명령을 내린다. 그런 생태계를 수도 없이 목도했다. 돈 벌어 오는 기자는 승승장구하고, 기사 잘 쓰는 기자는 멸족하는 행태가 기레기 사육장을 만든 것이다.

어떤 사람이 취직한 다음 착실하게 일한 결과 과장, 부장, 사장, 회장이 된 다음 하나 더 올라가니 송장이 되더라는 우스개가 있다. 나 또한 기자 생활 27년 동안 편집국장, 논설위원까지 지내며 정점을 찍었으나 남은 건 송장 같은 육신이었다. 어느 날 나는 뒤도 돌아보지 않고 정글을 떠났다.

기자했던 사람이 막노동한다고 했을 때 모두가 의아해했지만, 나는 그들의 예상을 깨고 오랜 기간 버텼다. 나는 막노동이 부끄럽지 않았다.

무명씨들이 묻곤 했다. "자존심 상하지 않느냐?"고.

그러면 답했다. "오히려 자존감이 살아난다."고.

사실 기자 시절 주변 사람들은 겉으로 드러나는 내 모습만 부러워했다. 시장이나 의원, 기업인과 식사하고, 상대하는 사람들 모두 큰소리깨나 치는 사람들이었으니 그랬을 것이다. 하지만 그들은 자신의 이득을 위해 거래를 한 것이지 기자가 좋아서 그런 게 아님을 모두가 안다. 그럼에도 나는 기득권에 붙어먹는다는 부끄러움보다는 사람들의 부러워하는 시선에 도취되곤 했다. 자존심 상할 일도 없었고 자존감은 하늘을 찌를 듯했다. 하물며 막노동하는 사람을 볼 때도 나와는 전혀 다른 세계에서 살아가는 사람들, 왠지 모르게 무시해도 되는 사람들로 여겼을지 모른다. 하지만 세월이 지나 직접 막노동을 하면서 과거의 인식이 얼마나 그릇되고 오만한 것인지를 깨닫게 됐다. 우리가 사람을 평가할 때 얼마나 겉만 따지는지도 새삼 반성하게 됐다. 잘 차려입은 기자와 흙먼지 뒤집어쓴 막노동꾼의 품격은 다르지 않았다. 나는 막노동으로 인해 육체노동에 관한 무한한 신뢰와 경의를 갖게 됐다. 기자든 막노동꾼이든 밥 먹고 사는 거 똑같고, 땀 흘려 돈 버는 것도 똑같았다.

부끄러운 얘기지만, 기자 시절의 나는 고용주에게 충성을 다하고 기꺼이 자존심을 바쳤다. 열정과 사명감을 가지고 일하는 많은 기자들과 달리 나는 잘리지 않기 위해 광고와 맞바꾸는 기사를 쓰기도 했다. 막노동은 아무도 부러워하지 않지만 부끄러워할 일도 없었다. 승진에 목을 맬 이유도 없으니 윗사람에게 굽실거리지 않아도 됐다. 성과를 내기 위해 경쟁할 필요도 없고 승진하기 위해 남을 짓밟지 않아도 됐다. 막노동은 고용됐다기보다는 승선한 것이다. 스스로 선택했으니 누구를 원망할 이유도, 누군가를 위해 종속적인 삶을 살 필요도 없다. 모래시계처럼 하루하루 한쪽을 채우면서 한쪽을 비우는 일이다. 빈 곳이 채워질 때까지 참고 견디며 정열을 쏟는다. 질량 불변의 법칙이다.

직장인보다 막노동이 더 좋은 이유는 차고 넘치지만, 그 중에서도 강조할 만한 이유를 10가지로 정리해봤다.

① 회장님, 사장님이 무섭지 않다. 눈치 볼 이유가 없으니 내 할 일만 잘하면 된다.

② 승진 경쟁이 없다. 입사 동기가 승진했다고 스트레스 받을 일도 없다. 동료도 반장, 나도 반장이다.

③ 동료와 억지로 안 친해도 된다. 이직·전직이 많아서 옆 사람 신경 쓸 일도, 상처 줄 일도 없다.

④ 펜 잡고 고민할 일이 없다. 출퇴근 사인만 하면 볼펜 만질 일이 없다.

⑤ 일한 대가가 투명하고 정확하다. 월급봉투가 정직하다. (직장에서 받던 것보다 더 무거울 때도 있다!)

⑥ 휴무, 퇴사 처리가 초간편이다. 문자 한 통 보내고 쉬거나 그만두면 된다.

⑦ 출퇴근의 총량이 돈이다. 조기 출근, 연장, 야근이면 수당이 쭉쭉 붙는다.

⑧ 아부하는 '줄서기'가 아니라 차례 지키는 줄만 잘 서면 된다.

⑨ 패션, 외모에 신경 안 써도 된다. 작업복만 잘 빨아 입으면 단벌 신사여도 된다.

⑩ 사람 잡을 일이 없다. 사람에게 상처를 줄 일이 없으니 그냥 착하게 살면 된다.

행복으로 가는 가장 중요한 열쇠는 자기 자신에게 너그러워지는 것이라고 한다. 나는 기자였던 나를 용서하고, 나를 사랑하기로 마음먹었다. 일중독에 빠져 나 자신을 희생했던 과거와 화해하고, 나를 아끼기로 마음을 고쳐먹었다. 나는 직장인들이 가늘고 길게 갔으면 한다. 서두르지 말고 다그치지 말고 닦달하지 말고, 천천히 갔으면 한다. 빨리 가면 빨리 지치는 법이다. 일에 빠져 행복을 위한 일상을 살지 못한다면 그것이야말로 가장 큰 불행이다. 내 몸을 다스리고 삶을 챙기는 것 역시 인생의 귀중한 행보다.

막노동의 삶은 그런 과거를 돌아보게 하고 자성하는 기회를 줬다. 그때 조금만 천천히 갔더라면, 조금만 더 나를 위한 일에 시간을 할애했더라면 현재의 삶이 더 풍요로웠을 것이라는 생각도 든다. 나는 기레기 소리가 싫어 기자직을 버렸지만, 막노동꾼 소리가 싫어 막노동을 포기할 생각은 추호도 없다. 왜냐고? 현실에 만족하기 때문이다. 버티면 버틸수록 삶의 의욕이 커진다. 나는 나의 삶에 대해 변명하지 않을 생각이다. 무슨 일을 해도 도망가지 않을 작정이다.

앞사람의 등이
들려주는 이야기

주말이면 한 영국인이 버스 정류장에서 줄을 서고, 리치먼드
로 나가 보트를 타기 위해 줄을 서고, 차를 마시기 위해 줄을
서고, 아이스크림을 먹기 위해 줄을 서고, 재미 삼아 몇 가지
이상한 줄에 더 합류한 다음 버스 정류장에서 줄을 서서 인생
최고의 시간을 보낸다.

– 조지 마이크스George Mikes, 《외계인이 되는 방법How To Be An Alien》

영국인은 줄 서는 데 평생 6개월을 쓴다고 한다. 헝가리
태생의 영국 저널리스트이자 유머 작가인 조지 마이크스
는 1938년 영국에 도착하자마 영국인의 줄 서기 성향을

곧바로 알아차렸다. "영국인은 혼자여도 질서정연하게 줄을 선다." 그가 보기에 영국인의 줄 서기는 '국민적 열정The National Passion'이었다. 옛 소련에서는 국민이 생필품을 구하기 위해 연간 400억 시간을 줄 서기로 허비했다는 분석도 있다. 1인당 연 200시간 이상 줄을 선 셈이다.

대기업 공사현장도 날마다 줄 서기 전쟁이었다. 줄 서기에서 시작해 줄 서기로 끝난다고 해도 과언이 아니었다. 콩나물시루 통근 버스에서 내린 노동자들은 공장 출입구부터 줄을 선다. 게이트 입구를 통과할 땐 사진 촬영을 봉쇄하는 휴대폰 스티커 부착 여부를 검사받는다. 노동자들이 속속 도착하기 시작하면 자연스럽게 줄이 생긴다. 주차장이 작지는 않지만 일시에 몰리는 수많은 차량을 수용하기엔 역부족이다. 일부는 주차 전쟁을 피하려고 출근을 1~2시간 앞당기기도 한다. 그러다 보니 도로변, 화단, 인도, 풀숲 등 장소를 안 가리고 틈만 있으면 바퀴를 걸쳐 놓는다. 불법주차 딱지를 떼이는 경우가 다반사이고, 이렇게 되면 0.5공수(7~8만 원)가 사라지니 일할 맛이 떨어진다. 주차장 줄 서기는 퇴근 때 더 극심하다. 1분이라도 더 빨리 빠져나가려는 차들로 일대가 그야말로 아수라장이 된다.

점심시간에도 줄 서기는 이어진다. 2시간가량 넉넉하게

주어지지만 그중 30분 이상을 줄 서는 데 허비한다. 노동자들은 게이트 밖 식당을 향해 종종걸음 친다. 어떤 이는 뛰어가기도 하고, 오토바이나 자전거를 이용하기도 한다. 그 5~10분이 줄을 짧게 서느냐, 길게 서느냐를 결정한다. 자칫 방심했다간 지옥의 줄 서기를 맛보게 된다. 식당 앞에서 30m 이상 늘어진 줄을 보노라면 입맛도 달아날 지경이다.

수많은 노동자의 입을 감당할 식당은 3~4곳뿐이다. 밥 먹는 것이 전쟁이다. 식당에 들어서도 줄 서기다. 식권을 내거나 장부에 사인하는 것도 줄, 식판에 음식 담는 것도 줄, 빈자리를 찾아가는 것도 줄, 먹고 난 후 잔반 버리는 것도 줄, 커피 자판기 앞도 줄이다.

편의점에서도 줄 서기는 계속된다. 먹고 싶은 거 고를 때도 줄, 계산할 때도 줄, 컵라면 물 받는 것도 줄, 전자레인지 돌리는 것도 줄이다. 전자레인지를 5분 이상 돌리는 사람은 뒷사람의 따가운 눈총을 견딜 준비를 해야 한다. 나도 컵라면과 햄버거를 데우지 않고 먹은 적이 여러 번 된다. 그건 끼니가 아니라 허기만 살짝 비껴가는 요식 행위였다. 입사 전 필수적으로 거치는 간이건강검진센터도 한 바퀴 돌려면 줄, 줄, 줄이다. 음료수 자판기 앞도 줄, 정수기 앞도 줄이다.

줄 서기의 가장 큰 고초는 뭐니 뭐니 해도 화장실에서 빛을 발한다. 2000명대의 노동자가 이용하는 화장실은 20여 개 안팎에 불과하다(공사가 활황일 때는 노동자 수가 1만 2000여 명에 달한 적도 있어서 출근길에 보면 무언가를 배급받는 사람들처럼 장사진을 이루기도 했다). 컨테이너를 8~9개 이어 붙인 화장실은 안쪽에서 4~5개의 구역으로 또다시 나뉜다. 거품이 뽀글뽀글 올라오는 포세식 화장실이다.

줄 선 사람들의 표정은 절박하다. 출근 전 뱉어내지 못한 어제의 꿈 조각들을 괄약근으로 막아내며 인고의 시간을 보내는 듯하다. 정말 다급한 사람은 문 앞에서 "빨리 좀 나와요!"라며 다그치기도 한다. '오, 하느님!' 사정이 이러다 보니 없던 종교까지 생긴다. 화장실 안쪽 벽에는 "빨리 좀 싸라 ○○○", "그러는 너나 빨리 싸라!"는 문구와 "오, 제발, 제발~" 같은 읍소형 문구가 뒤섞여 고통스러운 '싸기'의 시간을 대변해준다. 참을 수 없는 배 속의 무거움이다. 이 때문에 대다수는 출근 전에 집(숙소)에서 해결하려고 노력한다.

그래도 이곳 현장에선 이른바 '인분 아파트' 사건은 일어나지 않았다. 사건이 벌어졌던 당시 입주민들은 어디선가 악취가 나자 현장 조사를 의뢰했고, 그 결과 마감 공사를 하던 인부들이 아파트 천장 등 내부에 인분을 숨겨놓은 사실이 확인됐다. 뉴스를 본 국민들은 충격에 빠졌다. "몇몇

부도덕한 사람들 때문에 현장 노동자들이 욕먹는다." "상황이 그렇더라도 인분 봉지를 치우지 않는 건 무슨 경우인가." "공사하면서 작업자들 화장실을 충분히 마련하지 못한 업체의 무관심이 문제다." "인분 봉지를 새 아파트 천장에 넣고 시공한 짓은 절대로 용서되는 일이 아니다." 등의 반응이 잇따랐다.

어떻게 이런 일이 있을 수 있을까. 누구에게도 이해받기 어려운 행동이지만 동시에 '그 현장은 화장실이 몇 개였을까, 얼마나 열악한 환경이었을까.' 싶어 씁쓸한 마음이 든다. 이런 일들이 일어나는 건 시공사가 이동식 간이 화장실에 드는 경비를 줄이기 위해 노동자들이 각자 알아서 해결하게 하기 때문이다. 부실시공과 인분 논란이 노동자들을 향한 손가락질 대신 노동 현장에 대한 재정비 요구의 목소리로 이어지는 이유다. 물론 여기에는 먹고 자고 싸는 등 인간의 기본 욕구를 인간답게 해소하는 방안이 포함돼야 한다. '인분 아파트' 사건 이후 건설노조는 노동자들의 취약한 작업 환경을 개선할 수 있도록 아파트 건설현장 1개 동마다 휴게실·탈의실·샤워실 1개, 각 층마다 화장실 설치를 요구하며 국가인권위원회에 진정을 제기했다.

줄 서기는 공중도덕의 가장 기초적인 단계다. 그러나 내 앞에 선 사람들의 수를 눈으로 확인하는 순간 짜증은 물론 혈압까지 불쑥 오른다. 제때 해결할 수 없는 생리적 욕구로 인해 몸속에 '참을 인忍' 자가 새겨지는 것 같다. '언젠가'라는 단서가 붙긴 하지만 그럼에도 줄 서기는 반드시 내 차례가 온다는 희망이 있기에 가능하다. 막노동 현장의 줄 서기는 때때로 지겹고 불편하지만 언젠가 반드시 내 순서가 오기에 손해 보는 장사가 아니다.

*

눈보라가 휘몰아치던 겨울밤, 족히 100m는 되어 보이는 퇴근 줄 속에 묻혀 있는데 야간 조명이 달덩이처럼 빛났다. 불현듯 눈물이 주르륵 흘러내렸다. 나를 포함한 게이트 앞에 서 있는 노동자들이 남극의 펭귄 같았기 때문이다. 서로의 등에 의지한 채 한풍을 막고 체온을 유지하는 극한의 생존법이 본능적으로 이뤄지고 있었다. 인간 허들링 huddling(알을 품은 황제펭귄들이 한데 모여 서로의 체온으로 남극의 혹한을 견디는 방법)이었다. 노동자 펭귄들은 누가 시키지도 않았는데 열과 오를 맞춰 중앙으로 모였다. 안쪽 노동자 펭귄은 자신보다 바깥에 있는 노동자 펭귄들이 눈보라를 막아줘 상대적으로 따뜻했다. 물론 바깥쪽 노동자 펭귄들은 추위와 눈보라를 맨몸으로 견뎌야 한다. 때로는 미어캣처럼 머리를 쭉 빼고 게이트 쪽을 바라보며 신경질적인 표정을 짓는 펭귄도 있었다. 나는 속으로 중얼거렸다.

'아, 먹고살기 힘들다. 누군가에게는 낭만적일 함박눈 속의 풍경이 우리에겐 그저 칼바람을 온몸으로 견뎌야 하는 설국의 줄 서기일 뿐이라니……'

노동자들은 오늘도 길게 줄을 선다. 미증유의 그 줄은 내 생을 지탱하는 하루짜리 동아줄이다. 내 앞에 선 노동자에게서 어느 이름 모를 가장의 등을 본다. 어떤 사연을 품고 있는지 어떤 아픔을 안고 있는지 모르지만, 열심히 살아가려는 한 소시민이 무거운 등짐을 짊어진 듯하다. 내 뒤의 노동자는 나의 등을 보며 무슨 생각을 할까. 사막의 쌍봉낙타를 닮았다고 여길까, 차마고도의 야크와 닮았다고 여길까. 우리의 등은 오로지 타인의 시선을 통해서만 이야기한다. 거기에는 가족의 건사를 짊어진 채 비탈길에서 아슬아슬하게 한 걸음씩 내딛는 이야기가 담겨 있다. 사람의 앞모습보다 뒷모습이 더 가여워 보이는 건 그래서일지도 모른다.

나는 앞사람의 등을 보며 내 등의 모습을 유추한다. 앞사람의 등에서 그의 눈물을 읽고 있는 나처럼 내 뒤에 선 사람도 내 등에서 나의 눈물을 읽을까? 천근만근 무게에 짓눌리고 굽어 있는 등짝을 바라보는 일은 뭉근한 슬픔이자 무거운 절망이다. 긴긴 줄 서기는 이렇듯 서로가 서로에게 자기 등을 보여주는 일, 굳이 말로 하지 않아도 나의 고단한 삶을 동료가 알아주는 일이다.

막노동판에서의 줄 서기는 종일 반복되는 삶의 수레바퀴와도 같았다. 싫든 좋든 생존을 위한 것이다. '금쪽같은 한 끼'를 위해서 불편을 감수하고, 안전한 귀가를 위해 불만을 참는 고진감래였다. 줄 서기는 내가 들인 노력이 성과로 치환되는 희망의 윤회였다.

한쪽 어깨로 하는
사랑과 이별

막노동판에서도 사랑은 움튼다. 현장 사람들 대부분은 객지 생활을 한다. 무엇보다도 힘든 건 가족과 생이별 중이라는 점이다. 시심詩心에서 말하는 아름다운 이별이란 이 세상에 존재하지 않는다. 이별의 명분이 충분하다고 해도 이별에는 잔상이 남는다. 돈을 많이 번다고 행복한 인생은 아니다. '당분간'이라는 한시적 조건은 달려 있지만 어쨌거나 이별은 슬픈 일이다. 이들은 예전에 중동으로 오일 달러를 벌기 위해 나갔던 사람들과 비슷하다. 노동자들은 '노동에 사랑을 싣고' 서로를 의지하며 산다. 한쪽 어깨는 삶의 동력으로 사용하고 한쪽 어깨는 누군가에게 아낌없이 내어

주기도 한다. 그건 외로움을 이기는 방법일 수도 있고 작은 위안일 수도 있다.

대다수가 돈을 좇아 모여든 사람들이지만 그중에도 특이한 인연들이 많다. 부부가 한 일터에서 일하는가 하면 부녀지간, 모자지간에 이어 가족 전체가 한곳에서 일하는 경우도 있다. 친구들이나 선후배, 지인들끼리 뭉친 부류가 가장 많다. 단기간에 큰 벌이를 위해 손잡은 젊은 연인도 있고 현장에서 눈이 맞아 동거하는 이도 적지 않다. 내가 막노동을 하면서 만난 사람들의 사랑 이야기를 소개한다.

30대 용 반장 부부의 고향 같은 타향살이

용 반장 부부는 공사현장을 찾아 전국을 떠돌아다녔다. 경기도 이천과 용인, 파주, 평택에서도 일했다. 둘은 현장에서 눈이 맞아 연을 맺었다. 그들은 그때그때 머무는 곳이 고향 같다고 했다. 타향이란 스스로 마음을 가두는 장벽에 지나지 않는다면서. 그래서인지 동네든 사람이든 낯섦을 느끼지 않았다.

함께 일하면 장단점이 분명히 드러났다. 서로 다른 일을 하면 상대방이 하는 일에 대해 이해도가 떨어지지만 같은 일을 하면 어떤 어려움이 있는지 대번에 알 수 있었다. 수

입이 곱절인 만큼 사랑도 배가 됐다. 단, 비상금과 비자금을 만들 수 없다는 점은 살짝 단점이다. 이들에겐 아이가 없었다. 아이를 낳을 계획도 없었다. 그래서인지 퇴근하면 거의 외식을 했다. 둘의 일당이 30만 원을 넘으니 3분의 1 정도만 투자해도 외식이 사치스럽지 않았다. 문제는 술이었다. 그냥 밥만 먹기 아쉬워 술과 밥을 같이 먹었다.

24시간 껌딱지로 살다 보니 마찰도 적지 않았다. 일의 특성상 남녀 구분이 있고 영역이 있는데 그 경계를 넘는 일이 생겼다. 서로 챙겨주다가 역효과가 나기도 했다. 부부간 애정이 깊으면 동료 눈치를 보게 된다. 보란 듯 잘해주기도 뭣하고, 그렇다고 손이 안으로 굽는데 그걸 부정할 수도 없고. 한마디로 짝짜꿍 맞추기가 쉽지 않았다. 일을 잘하면 별문제 없는데 한쪽이 잘못하면 쌍으로 욕을 먹기도 했다. 하지만 가장 큰 장점은 벌이가 합쳐질 때의 뿌듯함이었다. 기쁨이 두 배였다.

20대 막노동꾼들의 동고동락 동거생활

권 반장은 두 살 연상의 유도원과 사귀고 있었다. 이들은 같은 현장에서 일하다가 만났다. 권 반장은 총각이었고 여자는 이른바 '돌싱'이었다. 빼어난 외모와 애교 덕에 현장에서도 인기가 좋았다. 그렇다 보니 가끔 잡음도 일었다. 둘 사이를 모르는 남자 반장들이 치근대는 일이 종종 있었기 때문이다. 그러면 권 반장이 상대 남자의 멱살을 잡는 일도 생겼다. 큰소리가 오가고 다투다가도 퇴근 때 보면 언제 그런 일이 있었냐는 듯이 싱글벙글했다. 둘은 돈을 모아 결혼할 생각이었다. 때문에 이런저런 해프닝에도 크게 개의치 않았다. 목표가 있으니 일에만 집중했다.

젊은 노동자들은 외로움을 많이 탔다. 친구들끼리 숙소에서 지내면 무료함이 덜하지만 낯선 타향에서 혼자 지내는 건 돈을 떠나서 괴로운 일이었다. 그러다가 마음이 맞는 이성을 만나기도 했다. 서로를 의지하기 위해 만나고 금세 동거에 이를 때도 있었다. 설득할 필요도 없었다. 처지를 아니 자연스럽게 하나가 됐다. 누군가가 곁에 있다는 사실만으로도 큰 위안이 되기 때문이었다.

젊은 노동자들은 한곳에 정착하지 않거나 지역을 옮겨다니는 뜨내기다 보니 쉬는 날에 딱히 할 일이 없었다. 그러면 잠을 자거나 게임을 하거나 술자리를 가졌다. 극소수지만 쉬는 날에도 일반 공사현장에서 아르바이트를 뛰는 사람도 있었다. 하릴없이 빈둥거리느니 한 푼이라도 더 벌자는 거였다. 숙소는 업체에서 구해주기도 하는데, 보통 두 사람이 한방을 썼다. 아는 사람끼리의 동거야 이상할 거 없지만 보통 생면부지의 사람과 짝을 이뤘다. 그러니 불편한 점이 한둘이 아니었다. 어색함은 기본이고, 친해지기까지 시간이 좀 걸렸다. 그렇다고 속내를 잘 드러내지도 않았다. 왜냐하면 서로가 금세 헤어질 운명임을 너무나 잘 알기 때문이다. 속정을 줄 경우 상처받을 확률이 높았다.

40대 박 반장이 꿈꾸는 연애의 정석

박 반장은 혼자 살았다. 사비를 들여 제법 괜찮은 숙소도 마련했다. 혼기를 놓쳤지만 사랑도 두어 번 진하게 해봤기에 아쉬움은 없다고 했다. 그런데 적적한 타지 생활을 하다 보니 다시 연애를 해보고 싶었다. 사람들은 그의 이름을 살짝 비틀어 '땡삼'이라고 불렀다. 그렇게 부르는 것이 오히려 친근하고 귀여워 나도 "땡삼 씨!" 했다. 땡삼 씨는 같은 업체 유도원을 좋아했다. 대놓고 말하지는 않았지만 그녀를 보면 설레고 들뜨는 게 눈에 보였다. 그러다 서로 마음이 통했는지 어느 순간부터 두 사람이 자연스럽게 같이 다니는 모습을 자주 목격하게 됐다. 마음속으로 땡삼 씨에게 '파이팅!'을 외쳤다.

그들 커플과 여러 번 만났는데 서로 구속하지 않고 편하게 대하는 것이 보기 좋았다. 땡삼 씨가 평소 바라던 대로 그것이 '자유연애'인가 싶었다. 아무튼 이들은 서로에게 뭔가를 바라지 않았다. 서로의 뜻을 존중했고, 술 마시고 영화 보고 맛있는 음식을 나누는 것만으로 행복해했다. 때론 애인 같기도 친구 같기도 한데 진짜 부부로 착각하는 사람들도 있었다.

두 사람의 사랑에서 첫 번째 철칙은 남과 비교하지 않기였다. 사람이 불행해지는 것은 대부분 남들과 비교하기 때문이다. 비교하다 보면 부족한 게 보이고 결점을 찾게 된다. 그러면서 자신의 처지를 비관하게 되고 관계의 틈이 벌어지는 것이다. 둘은 연애의 정석을 일찍이 간파하고 있었다.

50대 남자들의 수상한 동거

노동자들은 숙소 생활을 많이 했다. 업체에서 다가구 주택이나 모텔 등을 일정 기간 통째로 빌려 배정했다. 우선 친한 사람끼리 방을 쓰도록 배려하고 아는 사람이 없을 경우 임의로 방을 나눠 줬다. 생면부지의 사람들이 어느 날 갑자기 한 방을 쓸 때의 당혹감은 말로 표현하기 힘들다. 하지만 어차피 돈을 벌기 위해 모인 노동자들이어서 선택의 여지는 없었다. 그냥 부딪치고 마주할 수밖에. 다만 코골이가 심하지 않고 성격이 모나지 않았으면 하는 바람 정도는 갖는다.

나도 한때 집과 거리가 먼 일반 공사현장에서 일하며 숙소 생활을 한 적이 있다. 나의 룸메이트는 이혼한 남자였는데 아예 살림살이를 숙소에 차렸다. 그가 들여놓은 세간과 옷 들이 방 안을 가득 채웠다. 졸지에 내가 더부살이하는 꼴이 됐다. 나는 빨랫감을 봉투에 담아뒀다가 주말에 집으로 가져가서 세탁했다. 그와의 동거 생활은 무미건조했다. 출근해서 일하고 밤 11시 가까이 숙소에 들어오면 샤워만 끝내고 쓰러져 잤다. 함께 밥 먹는 때도 없었고, 가끔 소주를 사오면 벽을 보고 홀짝거렸다. 아무리 가볍고 짧은 만남이라지만 오가는 정이 없어 삭막했다. 어느 날엔가는 같이 먹자는 얘기 한마디 없이 혼자 아침을 먹고 있는 모습을 본적도 있었다. 별것 아닌 일에도 괜히 못마땅했다.

현장 노동자들은 되도록 상처받지 않기 위해 애쓴다. 만남은 우연이지만 헤어짐은 필연이란 걸 너무나 잘 알기 때문이다. 이럴 땐 제멋대로 왔다가 제 맘대로 사라질 운명이 그려지곤 한다. 새들이 높은 곳에 둥지를 틀듯 많은 막노동꾼들도 남에게 침해받지 않으려고 느슨한 관계를 유지하며 스스로 격리된 삶을 산다.

남남男男 동거가 1개월쯤 지났을 때 평소 먼저 말을 거는 법이 없던 그가 문득 술 한잔하자고 했다. 나는 이별을 직감하고 그의 뒤를 따라 태연히 밖으로 나섰다. 술집에 들어설 때까지 내내 침묵하던 그가 자리에 앉자마자 역시나 이별주라고 했다. 짧은 인연이었지만 가슴에 뭔가 훅 하고 들어오는 통증을 느꼈다. 그는 공수가 안 나와 좀 더 나은 곳으로 옮긴다고 했다.

데면데면하게 지냈는데 막상 헤어진다고 생각하니 마음이 아팠다. 한편으론 고마운 마음도 생겼다. 사전에 귀띔이라도 해준 게 어딘가. 단톡방에 "퇴사합니다."란 말만 남기면 그걸로 끝인 경우가 허다한데, 얼굴이라도 보며 안녕을 고해주니 감사한 일이었다.

그는 떠났지만 현장은 아무렇지 않은 듯 돌아갔다. 한 사람이 빠진다고 해서 일의 증감이 있지도 않았고 표시도 나지 않았다. 몇 사람 없어졌다고 공사에 차질을 빚는 것도 아니었다. 본인이 그만두면 본인만 손해 보는 게 현장이니까. 공고를 내면 바로 입질이 오고 채용도 그만큼 쉽게 하는 편이다 보니 회사에서도 말리지 않았다. 사람의 들고 나감이 많기에 예의와 격식 같은 것들은 거의 생략됐다. 적당히, 설렁설렁 관계를 맺었다. 오늘 만났는데 내일은 못 볼 수도 있었다. 그런 일이 흔했다. 더군다나 나갔던 사람이 같은 업체로 되돌아오는 경우도 있었다. 그래서 어딜 가든 잘 살아보라는 말 대신 "또 보자."라고 인사했다. 나도 짧은 몇 개월 동안에 헤어졌다가 다시 만난 동료들이 서넛 있었다.

그와 헤어진 지 1개월쯤 지났을 때 전화가 걸려왔다.

"형님, 일자리 좀 있어요? 나 잘렸어요."

노동자들은 오늘도 길게 줄을 선다.

미증유의 그 줄은 내 생을 지탱하는 하루짜리 동아줄이다.

내 앞에 선 노동자에게서 어느 이름 모를 가장의 등을 본다.

어떤 사연을 품고 있는지 어떤 아픔을 안고 있는지 모르지만,

열심히 살아가려는 한 소시민이 무거운 등짐을 짊어진 듯하다.

나는 앞사람의 등을 보며 내 등의 모습을 유추한다.

앞사람의 등에서 그의 눈물을 읽고 있는 나처럼

내 뒤에 선 사람도 내 등에서 나의 눈물을 읽을까?

현장 용어에 울고,
기술 없어 울고

    오랜 기자 생활로 인해 말과 글을 사용하는 데 예민한 구석이 있다. 되도록 말을 정확하게 쓰려 노력하고 맞춤법이나 오탈자에도 민감하다. 맞춤법을 마치 헌법처럼 여겼다. 길을 가다가 맞춤법이 틀린 간판과 현수막을 보면 답답해했던 것도 일종의 직업병 같은 거였다. 막노동판에서 가장 애를 먹은 것도 바로 현장 용어였다. 어느 정도 일이 익숙해졌을 땐 눈치껏 알아들었지만 입문 당시엔 도대체 무슨 얘기를 하는지 알아들을 수 없었다.

    배관 쪽 조공을 했을 때의 일이다. 어느 날 한 기공이 난생처음 들어보는 공구 이름을 대며 일을 시켰다. "공구함에 가서 깔깔이하고 복스알 니부 크기로 가져오라."는 지시였다. '깔깔이라면 군인들이 야전 상의 속에 덧입는 방한복(방상내피) 아닌가?' 그런데 건설현장에서 내가 알고 있는 그 깔깔이를 찾을 리가 없었다. 적잖이 당황하며 얼른 휴대폰을 꺼내 인터넷 검색을 시작했다. 베테랑 동료에게 물어보면 됐지만 그때는 그것도 모르냐며 핀잔 들을까 봐 스스로 해결하려 한 것이다. 아무튼 나는 검색 결과를 잽싸게 훑어본 뒤 서둘러 공구를 찾았고 의기양양하게 내밀었다.

"아니, 뭐 하자는 거야? 깔깔이를 가져오라니까, 깔깔이바를 가져오면 어떡해. 복스알도 엉뚱한 크기로 가져오고. 이봐, 이쪽 일 처음이야? 바빠 죽겠는데, 같이 일 못해먹겠네."

그는 버럭 신경질을 내며 내가 가져간 복스알을 바닥에 내팽개쳤다. 순간 눈물이 핑 돌았다. 비좁은 배관 사이를 옮겨 다니며 자재와 공구를 나르는 것도 힘든데 공구 이름을 몰라 한 소리까지 들으니 세포 사이로 쇳가루가 흐르는 느낌이었다. 나는 서둘러 자리를 떴다. 속으로 눈물이 마를 만큼 욕을 했다. 나중에 알고 보니 '깔깔이'는 나사를 풀거나 죄는 데 사용하는 래칫 핸들이었고, 복스알(소켓렌치) 사이즈인 '니부'는 $2/8''$(6.35mm)를 뜻하는 일본말이었다(일본식 인치는 이치부1/8, 니부2/8, 산부3/8와 같이 분모 8을 제외하고 분자 숫자[이치, 니, 산…]에 기호 ‘/’[부]만 붙여서 부른다). ‘깔깔이바’(자동바)는 짐을 고정할 때 쓰는 도구를 말하는데 멈춤쇠(걸쇠)가 있어서 한쪽으로만 회전하고 반대 방향으로는 회전하지 않는 톱니바퀴의 원리로 작동한다. 영어로는 래칫 휠이라고 부른다. 이후에도 일본어가 점령한 공구 이름과 건설 용어를 몰라 진땀을 뺀 게 한두 번이 아니었다.

옆에서 낑낑대는 모습을 봤는지 채 반장이 곁으로 슬며시 다가왔다. 전언에 의하면 그는 꽤 괜찮은 대학을 나온 수재라고 했다. 머리가 비상해서 작업 인지 속도도 빨라 한때 모시기 경쟁이 벌어졌더랬다.

“너무 겁먹지 마세요. 공구 이름 모른다고 죽을 일 아니에요.”

“지금 당장은 죽을 것만 같은데. 흐흐.”

“모르면 배우면 되고, 다음부터 잘하면 되고……. 실수라고 말했는데도 실수라고 인정하지 않는 사람이 문제지요. 그리고 평생 저 사람 따라다닐 것도 아니잖아요.”

사람 좋다는 얘긴 들었는데 정작 나에게 따뜻한 말이라도 해주니 그때만큼은 하느님 같았다.

“‘데마찌’란 말은 알아요?”

“전혀…….”

"눈이나 비가 와서 작업 진행이 안 되거나 일거리가 없는 상태를 말하는 거예요. '가타'는 틀 또는 거푸집, '낫토'는 너트, '네지'는 나사, '니빠'는 니퍼, '단도리'는 채비 또는 단속, '나라시'는 고르기, '오사마리'는 마무리, '도끼다시'는 갈기 또는 갈아 닦기, '메지'는 줄눈, '멧키'는 도금, '판네루'는 널빤지……. 이런 걸 다 외워서 하겠어요? 하나씩 배우는 거죠. 옛날 방식으로 깨지면서 배울 필요는 없어요. 지금이 일제강점기도 아니고……."

"그런 말 있잖아. 사람으로 태어나는 것보다 사람으로 사는 것이 더 어렵다고. 말 안 통하는 사람 피해 가기 어렵고, 그런 사람과 일 그르치지 않기가 더 어렵고, 그런 사람 때문에 후회하지 않기가 제일 어렵다는 말을 이제야 알 것 같네."

반대편에서 채 반장을 부르는 소리가 났다. 채 반장이 소리 나는 쪽을 향해 몸을 돌리며 짧게 말했다.

"진짜 상처받은 거 맞네."

어쩌면 성질머리 더러운 기공보다 내 소심함이 더 문제일지도 몰랐다. 그까짓 거 한번 된통 당한 걸 내내 마음에 담아두고 있는 내 소갈머리가 더 좁아터진 것 같았다.

처음 건설 일을 하는 사람들은 나처럼 현장 용어에 고전

하고 스트레스를 받았다. 채 반장 얘기처럼 죄다 외래어·일본말이어서 그랬다. 일제강점기 시절부터 건설업에 침투했으니 113년째 이어져 오는 탐탁지 않은 전승이다. 현장에서 일본어 잔재가 청산되지 않는 이유는 아버지의 아버지, 그 아버지의 아버지 때부터 이미 입에 붙었기 때문이다. 기성세대, 꼰대들이 그 습성을 버리지 못했다. 이런 잘못된 답습은 텃새에서도 비롯된다. 다른 업종에서 일하다가 왔거나 초짜가 오면 기존에 있던 사람들은 토착화된 용어와 언어로 은근히 자기 경력을 과시한다.

오후 무렵 다시 채 반장과 마주쳤다. 그는 마치 보충 수업을 하듯 다시 현장 용어를 꺼내들었다.

"'노가다'라는 말은 들어서 아시겠고……."

"노가다, 노가다 해서 노가다인 줄 알지, 정확한 건 몰라."

채 반장은 노가다라는 말이 일본어 도카타土方·どかた에서 유래됐다고 설명했다. 도카타는 토목이나 건설업에 종사하는 사람을 일컫는다. 그런데 이와 달리 국립국어원 표준국어대사전에서 '노가다'의 뜻풀이를 찾아보면 "행동과 성질이 거칠고 불량한 사람을 속되게 이르는 말"이라는 설명이 첫 번째 항목에 올라 있다. 이어지는 뜻풀이는 별도의 설명 없이 '막일', '막일꾼' 항목으로 연결된다. 오래전부터

막노동하는 사람들을 무식하고 거칠다고 낮잡아 봐온 그릇
된 인식이 버젓이 사전적 의미로 올라 있다니 놀라울 따름
이다. 국립국어원조차 '노가다'를 불량한 사람들이라고 정
의하는 건 뿌리 깊은 얕봄이었다. 그러다 보니 현장 노동자
들에 대한 인식이 나빠지고, 기술을 배우려는 사람들도 줄
어들고 있다. 고된 일터에서 잔뜩 먼지를 뒤집어쓴 아버지
와 어머니가 그들의 아이들에게 자랑스러운 사람이어야 하
는데, 이 사회가 그런 부모들을 부끄러운 사람으로 전락시
키고 있다는 생각마저 들었다.

조공·곁꾼은 '데모도'라고 부른다. 일을 끝내자고 할 때
는 '시마이', 그날 정해진 할당량을 채웠을 경우 일을 끝내
버리는 건 '야리끼리', 지렛대는 '빠루', 운반이란 뜻의 '곰
방', 각목은 '가꾸목', 줄자는 '겐나와', 고임목은 '오비끼', 천
공 강철판은 '아나방', 둥글게 말아놓은 철사(와이어 로드)는
'반생이'라고 부른다. 이쯤 되면 공사현장이 한국인지 일본
인지 분간이 안 갈 만도 하지 않은가.

*

"이 기사 독고다이야? 우라까이 아니지? 야마를 제대로 잡
고 써. 그래야 미다시가 잘 나오는 거야. 와리스케 가져와 봐."

하긴 기자 시절에도 일본어를 많이 썼다. 선배가 그렇게 썼고, 선배의 선배, 그 선배의 선배들이 으레 그렇게 쓰니 그런 줄 알고 썼다. 주제가 뭐냐고 하면 될 일을 '야마'가 뭐냐고 했다. 기사 마감이 임박해 다른 신문사의 기사(특종 포함) 일부를 대충 바꾸거나 조합해 새로운 자기 기사처럼 내는 행위를 '우라까이', 표제·헤드라인·색인 등을 가리켜 '미다시', 레이아웃을 '와리스케', 가로를 '요꼬', 세로를 '내리다지'라 불렀다. 출입처를 말할 땐 '나와바리'라 했다.

신입 기자가 입사하면 경찰서를 돌면서 취재 훈련을 받게 되는데 이는 '사쓰마와리察廻'라고 했다. 사쓰마와리(경찰 기자)는 일제강점기 신문사들부터 내려온 용어로 추정된다. 독불장군을 의미하는 '독고다이'는 태평양 전쟁 당시 자폭 공격을 감행한 카미카제를 칭하던 '특공대特攻隊'의 발음이 변형된 것이다. 기자 선배들은 절반이라도 만회해보라며 '반까이挽回'라는 말도 썼다.

지금은 어떤지 몰라도 일제 신문 용어가 횡행했던 시절의 얘기다. 그러면서도 한글날엔 어쩌고저쩌고하는 캠페인에 열을 올리곤 했다. 나는 당시 선배들의 용어를 익혔지만 실무에서 사용하지는 않았다. 일을 하기 위해 배우긴 했어도 굳이 그렇게 쓰고 싶진 않았다. 내가 선배 기자가 되어 신입 교육을 시켰을 때도 우리말로 순화해 가르쳤다. 그 후배들이 지금은 성장해서 기자 사회에 오랫동안 횡행하던 일본어·은어들을 폐기했기를 바란다.

막노동을 하면서 동료들에게 가장 많이 들었던 얘기가 기술을 배우라는 거였다. 어차피 이쪽 일을 할 것 같으면 장기적으로 훨씬 유리하다고. 하지만 그 얘길 들을 때마다 귓등으로 흘려들었다. 뭐 얼마나 부귀영화를 누리겠다고 뒤늦게 기술을 배우는가 싶었다. 하지만 기공과 잡부는 일당이 거의 두 배가량 차이가 나고 스카우트 제의도 달랐다. 기공 일이 더 힘든 것도 아니었다. 오히려 무거운 걸 나르거나 힘든 일은 모두 잡부가 했다. 깊게 파려면 넓게 파라는 말이 있다. 한번 배워두면 평생 써먹을 수 있으니 기술이 갑이었다. 힘든 건 누구나 마찬가지지만 기술이 있는 사람은 일의 질이 달랐다.

한 달 후 나는 비계 양중 팀으로 업체를 옮겼다. 양중은 아주 기초적인 기술만 필요로 했다. 대차를 이용하는 일이 많은데 짐을 묶으려면 래칫 휠(깔깔이바, 자동바)을 조작해야 했다. 그런데 처음 해보는 사람은 줄의 엉킴과 꼬임 때문에 버벅거리기 일쑤였다. 내가 그랬다. 어느 날 대차에 깔깔이바를 묶는데 아무리 용을 써도 작동하지 않았다. 그 모습을 본 한 반장이 나섰다. 그는 깔깔이바의 레버를 힘껏 낚아채더니 앞뒤로 젖히기를 반복했다. 금세 엉켰던 줄이 풀리며 끈이 조여졌다.

"형님은 일은 열심히 하는데, 잘하진 못하는 것 같아요."

너무 직설적인 말이라 순간 기분이 상했지만, 그렇다고 틀린 말도 아니었다. 나는 소심하게 저항했다.

"일은 좀 못해도 열심히 하는 게 낫지 않아?"

개미 목소리처럼 말이 허공에서 쪼그라들었다. 그가 의미심장한 표정으로 물었다.

"이 일 하시기 전에 뭐하셨소? 아무래도 문과 출신 같아서 그래요."

"설거지 했어!"

통명스럽게 톤을 높여 답했다.

"엥, 설거지요? 설거지로 돈을 벌었다고요?"

저 형님 뭐야, 하는 표정이었다. 설거지하다가 막노동판으로 온 것이 미심쩍다는 듯 연신 고개를 갸웃거렸다. 그가 무슨 생각을 하는지 짐작은 갔지만 더 이상 부연 설명을 하지는 않았다.

현장 일은 말로는 가르칠 수 없고 몸으로 배우고 눈썰미로 터득해야 했다. 누가 일일이 붙잡고 얘기해주지 않았다. 언제 떠날지 모르는 관계인데 일하는 방법을 시시콜콜 말해주기란 결코 쉬운 일이 아니었다. 그럴 시간도 없었다. 나도 그 정도는 인지하고 있었다. 초짜는 그냥 초짜인 대로 지내면 되고, 초짜 티가 나도 어쩔 수 없었다. 어차피 초짜라는 게 '팩트'니까. 그런 까닭에 막노동 동료들에게 기자 생활을 했었노라고 얘기한 적이 없었다. 굳이 얘기해봤자 달라질 건 없었고, 오히려 구구절절 인생사 늘어놓는 게 구질구질해 보일 것 같았다.

그날 퇴근 후 깔깔이바, 아니 래칫 휠을 구입해 집에서 혼자 연습을 시작했다. 젊은 사람들이야 악력도 좋고 기술도 있어 별것 아니겠지만 나는 훈련이 절실했다. 현장 용어도 인터넷에서 검색해가며 외웠다. 며칠 사이에 벌어진 이런 일련의 일들로 인해 코가 반쯤은 꺾였다. 노력과 성실만으로는 안 되는 게 현장 일이구나, 자책도 했다. 그래도 포기하기는 싫었다. 어떻게든 살아야 하니까. 래칫 휠 조작하는 연습을 하면서 마음속으로 '나는 루저가 아니야.'라고 몇 번이고 되뇌었다.

온전한 몸으로
돌아가게 해주소서

뼈에서 바람 소리가 나기 시작한 건 충격이었다. 가을날 스쳐 지나가는 건들바람 같기도 하고 골짜기를 울리는 강골바람 같기도 했다. 그 소리는 육신을 툭툭 건드리며 압점을 눌렀다. 특히 미동의 상태에서 더 심했다. 의사의 소견이 아니더라도 골병처럼 느껴졌다. 막일 초보자인데도 벌써 움직이는 종합병동이 된 것이다.

막노동꾼 대부분은 근골격계질환 고통을 호소한다. 근골격계질환은 근육, 신경, 건, 인대, 뼈와 주변 조직 등 근골격계에 발생하는 통증 또는 손상을 말한다. 주로 목과 허리, 어깨, 팔, 다리 등에서 나타난다. 내가 하는 양중은 들고 나르고 옮기는 일이 주를 이루기 때문에 근골격을 써야 했다. 큰 자재들은 호이스트hoist나 엘리베이터로 옮겼지만 1층에서 2층, 2층에서 3층, 3층에서 4층 같은 식으로 층간 이동을 할 때는 계단 타는 일이 잦았다. 당연히 무릎 관절이 좋지 않았다. 삐걱거렸다. 엘리베이터를 이용해도 되지만 돌아 걸어가는 게 번거로워 부득불 발품을 팔곤 했다. 하루 8시간 기준으로 평균 1만 5000보에서 2만 5000보, 연장·야근까지 하면 3만 보는 기본이었다. 당연히 발바닥이 저리고 쑤셨다. 그래서 나와 비슷한 일을 하는 사람들 상당수가 족저근막염을 앓았다.

자재를 들고 빼고 옮기는 일을 반복하다 보면 어깨와 팔꿈치도 망가졌다. 신체 일부분이 기계나 자재에 끼이거나 물리는 협착 역시 늘 조심해야 했다. 파이프 까대기·받아치기를 할 때 주의를 기울이지 않으면 안면이나 등 부상의 위험도 컸다. 까대기는 노동자들이 줄지어 물건을 옮기는 것이고, 받아치기는 아래층에서 위층까지 자재를 올리거나 내려야 할 때 사람과 사람 간 간격을 두고 이어 받는 방식을 말한다. 길이가 3~4m 되는 파이프를 옮기려면 어깨와 팔뚝의 힘이 필요했다. 한 번에 1000~2000개 정도를 까대기할 때는 온몸의 진이 빠졌다.

"까대기 시작이야. 까고 또 까고 계속 까대……."

"받아쳐. 받고 주고, 받고 주고. 계속 받아쳐……."

까대기와 받아치기가 시작되면 숨 돌릴 틈이 없었다. 파이프를 옆 사람에게 넘기는 순간 또 다른 파이프가 옆구리 쪽에 와 있었다. 내가 받지 않으면 작업이 밀렸다. 도미노였다. "받아요!" 소리가 들리면 자동으로 몸이 받았다. 등뼈가 부서지는 듯했다. 날라야 할 물량이 눈에 들어오면 더 빨리 지쳤다. 산더미처럼 쌓여 있는 자재를 보면 정신이 아득해졌다. '와, 저걸 언제 다 하지?' 근육이 저절로 위축됐다. 막노동은 힘을 쓰는 작업보다 쉼 없는 반복 작업이 더 견디기 어려웠다.

클램프(비계 파이프 등을 연결할 때 고정시키는 도구)를 종류별로 분리할 땐 허리를 숙이거나 쪼그리고 앉아 몇 시간씩 같은 동작을 되풀이했다. 바닥에 클램프를 산더미처럼 쌓아놓고 클립 자동, 클립 고정, 빔 고정, 빔 자동, 연결핀, 베이스 등으로 분리해 포대에 담는 일이다. 자루의 무게가 20kg 전후여서 50여 개 정도를 나르면 팔뚝과 아귀힘이 쭉 빠지고 허리가 나가는 듯한 통증이 왔다.

한번은 2층 샵장에 있는 비계 파이프를 대차에 실어 4층으로 날라다 주는 일을 했는데 큰 사고로 이어질 뻔했다.

내 역할은 한 반장이 건네준 파이프를 대차에 싣는 것이었다. 2명씩 조를 나눠 양쪽에서 했다. 어느 순간 속도가 붙기 시작하자 정신을 못 차릴 정도로 파이프가 넘어왔다. 어찌나 빠르던지 창던지기하는 줄 알았다. 금세 땀범벅이 됐다. 그때 한 반장이 넘긴 파이프가 허공에서 잠시 유영하더니 내 눈을 향해 날아오고 있었다. 순간적으로 피했고 파이프는 바닥에 떨어졌다. 함께 일하던 팀원과 주변을 통제하던 유도원들이 놀라서 뒷걸음쳤다. 한 반장도 놀란 표정이었다. 현장 사고는 이렇게 눈 깜짝할 사이에 일어난다. 아무리 쉬워 보이는 일이라도 잠깐 한눈을 팔면 위험한 사고로 이어질 수 있었다. 어찌어찌 일이 재개됐으나 조금 전의 충격으로 몸이 굳어버렸다. 파이프가 넘어올 때마다 움찔거렸다. 눈이 먼저 겁을 먹었다.

육체노동을 하면 골병든단 얘기는 사실이었다. 그런데 이렇게 빨리 올 줄은 몰랐다. 4개월쯤 됐을 때부터 팔 통증이 너무 심했다. 15kg 정도 나가는 자루는 쉽게 들었는데 어느 날 번쩍 들다가 근육이 놀라는 게 느껴졌다. 심지어 저녁 무렵에는 숟가락 들 힘도 없었다. 병원 문도 닫은 시간이라 파스로 긴급 처방을 했다. 그런데 희한하게도 일에 집중할 때는 아픔을 느끼지 못하다가 퇴근하고 집에서 쉴 때 통증이 왔다. 특히 잠자리에 들었을 때 간헐적인 저림이 나타났다. 통증은 몸이 침묵할 때만 아우성쳤다. 강시처럼 벌떡 일어났다. 통증은 알 속에 웅크리고 있다가 껍질을 깨고 나오듯 구부러진 어둠에 눌려 있다가 스멀스멀 되살아나 육신을 옥죘다. 다음 날 출근할 때까지도 통증은 계속됐다. 파스를 붙이고 스프레이 파스로 덧칠했다. 출근해서 팀원들과 만나면 모두들 쿵쿵거리며 나에게 다가왔다.

"형님, 팔 아파요?"

아프지 않다고 시치미를 뗐다. 괜히 약한 모습을 보이기 싫어서, 동료들에게 피해를 주는 것 같아서 괜찮다고 했다. 일이 시작되자 팀원들은 내가 무거운 걸 들지 않도록 배려해줬다. 그러면서 지나가는 말로 한마디씩 했다. 막노동하면 모두가 골병든다고. 여기 있는 사람 모두 멀쩡하지 않은 환자들이라고.

안전모도 문제였다. 휴식 시간에 김 반장이 흡연장에서 안전모를 박살내듯 집어던졌다. 안전모 때문은 아니겠지만 김 반장은 목 디스크를 앓고 있었다. 뒤에서 보면 목과 어깨가 왼쪽으로 15도 정도 기울어져 보였다. 그래서인지 안전모에 대해 지나치다 싶을 정도로 거부감을 가지고 있었다. 440g의 안전모는 헤드랜턴과 보호안경 등을 장착하면 무시할 만한 무게가 아니었다. 게다가 현장 밖을 나가지 않는 이상 출근하면서부터 퇴근할 때까지 절대로 벗으면 안 됐다. 종일 머리를 억누르는 안전모는 목까지 뻣뻣하게 만들었다. 더 난감한 상황은 땀에 젖다 보니 머리가 가렵다는 것이다. 슬쩍슬쩍 땀을 닦고 벅벅 긁기도 했지만 퇴근 시간이 되기 전에는 찜통이 된 머리를 어찌할 방도가 없었다. 그 열기는 두피를 맴돌며 빠져나가지 않았다. 여기에 마스크까지 착용하면 숨쉬기조차 힘들었다. 해가 들지 않는 실내 작업장은 각종 설비에서 뿜어져 나오는 열기가 대단했다. 조금만 몸을 써도 땀이 줄줄 흘렀다. 속옷은 물론 겉옷까지 축축해질 정도였다. 공기 순환 장치로 온도를 낮추기엔 역부족이었다. 몸이 열대우림이었다.

어느 날은 갑자기 눈앞이 캄캄해지면서 앞이 잘 보이지 않거나 속이 메스꺼워지는 증상도 겪었다. 쓰러지기 일보 직전이었다. 탈진을 막기 위해 물과 함께 소금이나 식염 포도당을 수시로 먹는 수밖에 없었다. 엎친 데 덮친 격으로 나는 탈모 증상까지 생겼다.

노동자는 돈을 벌기 위해 일하고, 사용자는 돈을 벌기 위해 일을 시킨다. 목적은 닮았는데 노동자 사용 설명서가 달랐다. 아무리 대기업 건설이라고 해도 현장의 환경은 좋지 않았다. 휴게의 개념도 모호했다. 정부는 현재 모든 사업장에 휴게시설 설치 의무화 제도를 시행하고 있다. 상시 근로자 20명 이상 사업장이거나 총 공사 금액 20억 원 이상의 공사현장은 휴게시설 미설치 시 1500만 원의 과태료를 내야 한다. 현장엔 2개의 휴게시설이 있었는데 모두 야외에 있었고 그곳까지는 거리가 제법 됐다. 때문에 출퇴근 시간이나 점심시간 이외엔 그림의 떡이었다.

노동자들은 쉬는 날에 한방과 양방 병원을 번갈아 가며 다녔다. 병원에서 지어주는 약이 차도가 없으면 한의원을 찾았다. 그런데 아픈 부위가 대부분 팔과 무릎, 허리 등 민감한 부분이어서 침 맞는 일도 고통스러웠다. 하루는 손목·팔 통증으로 한의원에 갔는데 의사가 손목 동맥 쪽 혈관에 침을 놓았다. 손에 번개가 내리치는 것같이 찌릿찌릿했다. 깜짝 놀라 나도 모르게 소리를 빽 질렀다. 어찌나 소리가 컸던지 의사가 더 놀란 듯했다. 일단은 아프니까 뽑아달라고 했다. 의사는 침을 뽑은 뒤 5mm 옆에 시침을 놓았다. 마찬가지였다. 손에서 전기가 흐르듯 찌릿찌릿한 느낌이 사라지지 않았다. 또 소리를 질렀다. 그날 이후 한의원에 가는 일이 두려워졌다. 통증은 그냥 달고 살아야 하는 숙명 같은 거라고 생각했다.

며칠이 지나 이번엔 정형외과를 찾았다. 자고 일어났는데 주먹이 쥐어지지 않는 것이다. 팔꿈치에서부터 사르르 내려오는 통증이 주먹 쪽에 고이면서 가위, 보는 되는데 바위가 안 됐다. 의사는 뼈 주사와 근육 치료 주사를 처방했다. 그러면서 당분간 손을 쓰지 말라는 친절한 설명까지 곁들였다. 손을 쓰지 말라고?

"선생님, 저 손 쓰는 직업인데요."

"손을 계속 쓰면 낫지 않아요. 그러니까……."

"그럼, 집에서 쉬라는 말씀이신가요?"

"되도록이면 손에 휴식을 주라는 얘깁니다. 혹시 하시는 일이……?"

"노가다요."

의사는 침묵했다.

*

대기업 건설 현장도 여느 현장과 마찬가지로 여러 위험 환경에 노출돼 있다. 말 그대로 증설 공사이기 때문에 이미 가동되는 구간이 있고, 나머지 공간에서 추가 공사를 하는 것이다. 10층짜리 아파트 30동을 한데 묶은 크기의 복합동과 그보다 약간 작은 팹FAB동(Fabrication facility. 실리콘웨이퍼 제조공장)이 있다. 내부는 상상 이상으로 복잡했다. 온갖 배관이 실타래처럼 얽혀 있고 그에 따른 각종 설비가 골조 사이마다 빼곡했다. 사람 서넛이 겨우 지나갈 정도의 좁은 길만 있어서 교차해 걷는 것도 불편했다.

이처럼 비좁고 막힌 구조라 작업상 안전사고는 물론 소음, 분진, 가스, 미세먼지 등에 취약했다. 나름 귀마개를 하고 보호안경과 방진 마스크를 쓴다고 해도 완벽하진 않았다. 더욱이 내부 작업이 90% 이상을 차지해 보이지 않는 재해 요소가 더 많았다. 배관 작업 시 용접과 그라인딩 분진은 방진 마스크를 써도 콧속이 시커멓게 될 정도로 침투력이 셌다. 공장 가동 구간의 소음 또한 상당했다. 귀마개를 해도 소리의 진폭은 크게 줄어들지 않았다.

막노동은 사계절 내내 몸에 고통을 안겨주지만 여름과 겨울에 특히 죽을 맛이다. 그래서 어떤 사람은 봄에 일하고 여름엔 쉬기, 가을에 일하고 겨울엔 쉬기를 반복한다. 두 계절 일하고 두 계절 쉬는 것이다. 물론 그런 생활이 지속되면 돈이 모이지 않는다. 그냥저냥 사는 데는 지장이 없지만, 장기적인 관점에선 날품팔이에 지나지 않는다. 겨울엔 몸이 더 아팠다. 이불 속 온기에 갇혀 있다 보면 몸을 지지는 느낌에 압도당했다. 그 느낌을 뒤로하고 벌떡 일어나기란 정말 어려웠다. 겨울에 많은 노동자들이 쉬는 이유다. 사람들은 새벽 출근이 싫어 한철을 통째로 쉬기도 하고, 아픈 몸을 다스리기 위해 울며 겨자 먹기로 쉬기도 했다. 하지만 망설임은 딱 집 앞 현관까지였다. 문밖을 나서는 순간 온몸의 근육은 다시 현장을 향했다.

개인의 건강도 문제지만 안전사고도 종종 발생했다. 테이블 리프트T/L 손 끼임 사고나 비계 상부 추락 사고, 지게차에 깔리는 사례도 있었다. 양중의 경우엔 대차나 자키(유압식 잭을 이용해서 팔레트를 들어 올리기 때문에 정식 명칭은 '팔레트 잭'이다)에 발이 걸려 넘어지기도 했다. 양중 팀과 손을 맞추는 비계공은 전쟁으로 치면 선봉대였다. 제일 먼저 맨몸으로 높은 곳에 올라가 임시 가설물을 설치하는 사람들이니 항상 위험천만이었다. 건설현장 건축·구조물에서 사망사고가 가장 많이 일어나는 부문도 비계다. 2019년부터 2022년까지 전체 1705건의 사고가 발생했는데 이 중 206건(12.1%)이 비계 쪽이었다.

공사현장 안전사고의 근본 원인은 불법 다단계 하청 구조다. 아직도 법으로 금지하는 무등록건설업자에 대한 품

떼기 계약('오야지'라 불리는 무등록건설업자가 일정 작업을 도급받아 시공하고 대가를 받아가는 계약으로 현행법상 금지되어 있다)이 버젓이 이뤄지고 있고 그것이 당연하게 받아들여진다. 2022년 한 해 건설업계에서 사고로 목숨을 잃은 노동자는 모두 341명. 2023년 6월에만 70명이 숨졌다. 이 같은 정보는《오마이뉴스》와 노동건강연대가 매달 '지역별 산재사망 노동자' 집계로 알려주고 있다. 나는 막노동을 하면서 이런 소식을 접할 때마다 소름이 돋았다.

사고는 때와 장소를 가리지 않고 일어났다. 철거작업 시 매몰, 오수관로 매설공사, 계단 추락, 철골조립작업, 지붕개량공사, 난간설치작업, 유도전류 감전, 패널교체작업, 고소작업대 추락, 상수도공사 배관설치작업, 자동화창고 설비작업, 자동적재기 리프트 끼임, 캐노피 교체작업 등 이루 헤아릴 수조차 없다. 나는 우리 곁의 노동자들이 얼마나 많은 위험 환경에 노출돼 있는지를 산재사망 현황판에 적힌 주검의 숫자를 통해서 보았다. "살아서 봅시다."란 말이 두려워졌다. 일을 하다 죽는 슬픈 현실은 나에게도 닥칠 수 있는 일이었다. 나는 무신론자이지만 일을 시작하기 전 하느님을 찾았다.

"하느님, 오늘도 무사히 일을 마치고 온전한 몸으로 돌아가게 해주소서. 돈도 좋고 일도 좋지만, 살고자 하오니 온전한 상태로 가족의 품에 안기게 해주시옵소서."

하루는 휴식 시간에 휴대폰의 메모 앱을 열었다. 수많은 노동자들의 주검과 고통, 퇴근을 장담하지 못하는 삶을 생각하며 글을 적어 내려갔다.

아, 지게차에 깔릴 때 얼마나 두려웠을까

20m 바닥으로 떨어질 때 얼마나 두려웠을까

그 짐승 같은 냉골이 또 얼마나 두려웠을까

수렁의 숨골이 차오를 때 얼마나 두려웠을까

살려달라는 비명 터질 때 얼마나 두려웠을까

꽃잎처럼 떨어진 가여운 그 이름을 불러봅니다

그날 70명이 집으로 돌아오지 않았습니다

그날 70명이 퇴근하지 못했습니다

영원히 출근한 날이 됐습니다

차디찬 콘크리트 주검을 가슴에 묻습니다

우리를 잊지 마세요, 그 절규를 가슴에 묻습니다

묻고 또 묻은들 다시는 돌아오지 못할 세상이건만

푸른 꿈을 꾸다 스러져간 이름들을 불러봅니다

이별을 납득하는 데 얼마의 시간이 필요할까요?

아무것도 달라지지 않았습니다

아무것도 해결되지 않았습니다

우리의 믿음이 떨어졌습니다

우리의 삶이 떨어져나갔습니다

스러져간 노동자여, 스러진 노여움이여

떨다 간 아픔이여, 떨어져 나간 슬픔이여

천상의 꿈으로라도 다시 피어나소서

바닥을 칠 때
힘은 다시 솟아난다

'똥 떼기'란 게 있다. 본래 건설업은 1차 하청까지만 인정되지만 똥 떼기는 암암리에 2차 하도급이 행해지는 원청-하청-팀장 구조의 3단 착취다. 건설현장에서 음성적으로 이뤄지는 관행 같은 것이다.

가령 업체와 내가 일당을 15만 원에 계약했다면 실질 일당은 17~18만 원 정도 된다. 여기서 2~3만 원을 떼어 팀장이 가져가는 구조다. 야근이나 연장을 하지 않고 22일 동안 일당 17만 원에 하루 8시간 일했을 때 받아야 하는 월급은 374만 원이지만 그중 40~60만 원을 팀장에게 토해내야 한다. 물론 세금도 떼기 때문에 내가 수령하는 실제 월급은 '똥 떼고 세금 떼고' 270여만 원이 된다. 40~60만 원이 내 통장을 거치지 않고 팀장에게 바로 지급되는 경우도 있다. 어찌되었든 월급을 줬다가 다시 빼앗아 가는 페이백인 셈이다.

팀장 1명이 팀원 10명을 데리고 있는 경우 똥 뗀 값은 400~600만 원이 된다. 이 같은 일들은 불법과 합법 사이에 위태롭게 서 있다. 중간착취일 수 있지만, 임금을 받은 사람이 자발적으로 일부를 반납했다면 착취까지는 아니다. 일종의 하도급이기 때문이다. 인력 파견소의 경우에도 파견 수수료를 일정 부분 공제한다. 물론 팀장들이 똥 떼기한 돈을 모두 꿀꺽하는 건 아니다. 팀원 회식을 통해 일정 부분 환원하기도 하고, 일부를 반장들에게 다시 떼어주며 힘을 북돋아주기도 한다.

똥 떼기 약정을 무효로 할 수는 없다. 팀장이 미리 원청업체와 포괄적 임금을 약정한 후에 그 범위 안에서 임금을 지급하는 것이기 때문이다. 따라서 형법상 사기죄로 보기도 어렵다. 다만 건설산업기본법상 재하도금지 규정을 위반하는 점은 존재한다. 이런 똥 떼기 때문에 팀장과 팀원 간 마찰이 종종 벌어지기도 했다. 모두가 돈 때문에 벌어지는 일들이다.

나는 막노동을 하며 한 달에 50공수를 찍은 적이 있다. 1공수는 통상적인 낮 근무 8시간에 대한 일당을 말한다. 연장·야간 근무는 할증이 붙어 2시간당 0.5 공수를 쳐주며 철야 8시간이면 낮 일당의 2배인 2공수를 번다. 보통 한 달 30일 낮 근무를 하면 30공수인데, 나는 거기에다 20공수를 더해 한 달 50공수를 찍은 것이다. 그때는 오전 7시 전에 출근해서 매일 연장에 야근까지 하고 밤 10시 30분에 퇴근했다. 하루에 15시간 30분을 일한 셈이다.

주말, 휴일도 없었다. 꿈에서조차 일을 했다. 처음엔 돈 벌 생각에 피곤하지도 않았다. 많게는 한 달에 800만 원을 벌 수 있으니 즐겁기까지 했다. 그런데 첫 업체에서 채 1개월을 못 버텼다. 인간의 기본권이 모두 무너져 내리자 생존권과 행복추구권이 위협받았다. 여유란 눈곱만큼도 없었다. 자고 일어나서 일하고, 다시 자고 일어나서 일하는 것을 무한 반복했다. 그렇게 살아가니 죽을 것만 같았다. 돈도 싫었다. 가정을 위해 하는 일이 중노동이 되자 가족 관계는 만신창이가 됐다. 몸도 성치 않았고 머릿속도 온전치 못했다.

"개 같은 내 인생……."

당시엔 너무 힘들어서 이런 말을 입에 달고 살았다. 내가 살아온 반백 년 이상의 세월이 파노라마가 돼 주마등처럼 스쳐 지나갔다. 일이 버티기 힘들 정도로 버거워졌기 때문이었다. 물음표가 붙을수록, 의문 부호가 늘어날수록 자괴감이 들었다. 피도 눈물도 없이 몰아쳤던 중노동 후 다른 업체로 이직했다. 보수는 적었으나 주말엔 쉬었고 아내와 마주 앉아 저녁밥을 도란도란 먹을 수 있는 여유가 생겼다.

현장 노동자들은 나의 생각과 달랐다. 이들은 휴식보다는 일을 더 해서라도 돈을 벌고 싶어 했다. 연장·야근이 줄어들면 업체를 떠났고 더 많은 일이 주어지는 곳을 찾았다. 처음엔 저렇게까지 혹사하면서 돈을 벌고 싶을까 의아했다. 아직 나이가 젊어서 그러는가 싶어 몇 번이고 캐묻기도 했다. 이유는 간단했다. 어차피 일하는 거 돈을 더 벌고 싶다는 거였다. 당분간은 저녁이 있는 삶을 원치 않는다 했다.

막노동을 한 지 6개월 정도 됐을 때 위기가 찾아왔다. 돈도 돈이었지만 더 이상 견딜 재간이 없었다. 몸도 많이 망가져 있었다. 나는 돈만을 위해 막노동을 시작한 게 아니었다. 조금은 부족해도 적당히 벌고 알맞게 쉬고 싶었다. 쉼 없는 노동이란 궁극적으로 행복을 앗아가는 일이란 걸 알았다. 일과 쉼의 경계가 없으면 결국 일만 하는 노예가 된다. 일은 목적이 아니라 쉼을 위한 수단일 뿐이었다.

*

나는 저녁이 있는 삶을 원했다. 그냥 억울하게 죽지 않을 권리, 죽지 않을 만큼의 일과 휴식을 원했다. 일과 중노동은 다르다. 일은 인간의 기본권을 유지하면서 삶을 영위할 수 있는 저녁이 있는 삶이고, 중노동은 기본권이 짓밟히고 일상이 사라진 삶이다. 노동에 '중重'이라는 접두사 하나가 붙었을 뿐인데 삶의 질은 상상 이상으로 달라진다.

언제부터인가 대한민국의 노동 공식은 죽도록 일해서 일한 만큼 행복을 사라는 자유시장 논리를 따르고 있다. 이는 근시안적인 정부의 노동 정책에서 비롯됐다. 죽도록 일해본 적 없는 자칭 싱크탱크들이 모여서 노동자들만 죽도록 일하라고 만든 정책들이다.

정부가 주 69시간 노동 시간 유연화를 꺼내들었을 때 참으로 놀랐다. 칠레, 호주가 주 4일제(40시간)를 추진하고 있는데 지금보다 주 17시간을 더 늘린다니……. 한국 노동자들의 연평균 노동 시간은 1915시간이다. 경제협력개발기구 OECD 38개 회원국 중 네 번째로 많다. 미국과 프랑스 등 주요 선진국 노동자의 연평균 노동 시간은 각각 1791시간과 1490시간이다. 노동자를 경시하는 풍토는 노동 시간 유연화처럼 노동을 부추기는 주장으로 이어진다.

나는 중노동에 내몰린 20대 노동자들의 죽음을 떠올렸다. 전태일, 김용균, 메리 앤 워클리Mary Anne Walkley처럼 꽃다운 나이에 일터에서 스러진 많은 젊은이 말이다. 이들은 돈이 아니라 돈을 주는 이들에 의해 희생됐다. 전태일은 1970년 11월 봉제 노동자로 일하면서 노동자는 기계가 아니라고 외치며 분신했다. 김용균은 2018년 12월 11일 새벽 태안화력발전소 컨베이어벨트 아래에서 몸이 찢긴 채 발견됐다. 비정규직으로 입사한 지 3개월 만에 일어난 일이었다. 2022년 10월 15일 경기 평택에 있는 SPC 계열사 SPL 제빵 공장에서 숨진 20대 노동자 A씨는 사고 당일 남자친구에게 "치킨 500봉을 까야 한다. 나는 죽었다. 이렇게 해도 내일 300봉은 더 까야 하는 게 서럽다." 등의 메시지를 보내며 과도한 업무 강도를 토로했다. 2015년부터 김용균이 목숨을 잃은 후인 2019년 8월까지 전체 산재 노동자 271명 중 98%인 265명이 비정규직 노동자들이었다.

1863년 스무 살이었던 영국의 여성 노동자 메리 앤 워클리는 고급 여성복 제조회사에 고용되어 하루 평균 16시간 30분 일했고, 성수기에는 30시간 이상 휴식 시간 없이 일하기도 했다. 그는 임박한 무도회 일정에 맞춰 귀족 여성들의 드레스를 만드느라 쉼 없이 26시간 30분을 일한 뒤 이틀을 앓고 사망했다. 마르크스의 《자본론》에도 등장하는 이 이야기는 세계 최초의 과로사로 기록된 죽음이다.

생텍쥐페리의 《어린왕자》에서 어린왕자는 "사막이 아름다운 이유는 어딘가에 샘을 숨기고 있기 때문"이라고 말한다. 삶을 지탱하게 만드는 힘은 희망이다. 그 희망은 쉼의 시간에서 온다. 힘들고 어려운 인생의 사막에서 한 번씩 쉬어갈 수 있도록 마음속에 오아시스 하나 정도는 있기 마련이다. 그런데 일만 하다 보면 오아시스는 보이지 않는다. 오아시스를 찾을 기력조차 없다.

'월화수목일일일.'

2030세대가 꼽은 최고의 복지 개념인데 나도 여기에 동의했다. 지쳐가고 있었다. 엄살이 아니었다. 거의 자포자기 상태까지 치달았다. 여러 가지 사념에 괴로운 날이 지속됐다. 몸은 힘들었지만 그래도 즐거웠던 막노동 일터였는데, 어쩌다 이렇게 나약해졌는지 알 수 없었다.

나약한 상태에서 열흘을 견뎠다. 되도록 아무 생각 없이 일만 했다. 팀원들이 무슨 일 있느냐고 묻곤 했지만 침묵으로 답했다. 그런데 이상한 일이 벌어졌다. 나도 모르게 수렁에서 빠져나오게 됐다. 어떤 충고도 어떤 처방도 받지 않았으나 스스로 기어 나왔다. 아직까지는 일을 해야 하고, 돈을 벌어야 하고, 멈춰서는 안 된다고 자기 최면을 걸었다. 물에 빠졌을 때 발버둥 치면 가라앉는다. 결국은 바닥까지 내려가서 다시 힘껏 발을 차야 수면 위로 올라온다. 바닥은 다시 솟구쳐 오르게 해주는 구름판이다.

나는 깨달았다. 바닥까지 몰리면 바닥까지 내려가면 된다는 것을. 그러면 바닥을 치고 다시 올라갈 수 있다는 것도.

새벽 어판장 어선에서 막 쏟아낸 고기들이 파닥파닥 바닥을 치고 있다. / 육탁肉鐸 같다. / 더 이상 칠 것 없어도 결코 치고 싶지 않은 생의 바닥 / 생애에서 제일 센 힘은 바닥을 칠 때 나온다.

– 배한봉, 〈육탁〉 중

아직까지는 일을 해야 하고, 돈을 벌어야 하고,

멈춰서는 안 된다고 자기 최면을 걸었다.

물에 빠졌을 때 발버둥 치면 가라앉는다.

결국은 바닥까지 내려가서 다시 힘껏 발을 차야

수면 위로 올라온다.

바닥은 다시 솟구쳐 오르게 해주는 구름판이다.

나는 깨달았다. 바닥까지 몰리면

바닥까지 내려가면 된다는 것을.

그러면 바닥을 치고 다시 올라갈 수 있다는 것도.

막노동으로 번 돈의
남다른 무게감

그가 나를 데리고 들어간 술집은 편안했다. 원탁으로 만든 철제 탁자는 반들반들했다. 주인의 성격이 보였다. 낡았지만 받침이 푹신한 의자, 벽을 가득 채운 무명씨들의 사인, 투박한 목재 테이블, 지난해 9월에 머물러 있는 달력 등 모든 장식이 수수했지만 제법 술맛이 당기는 곳이었다. 창밖은 술집을 찾아 떠도는 사람들의 행렬이 파노라마처럼 펼쳐졌다. 선술집이었다.

주 반장은 주선酒仙처럼 술을 즐겼고, 술을 마시면 더욱 호탕해졌다. 어찌나 술을 잘 마시는지 성씨가 '술 주酒' 자 아니냐고 농담까지 했을 정도다.

"일은 할 만하세요?"

"그럭저럭……."

"돈 좀 모으셨어요?"

"그냥저냥……."

맥없이 답한 것 같아 미안하게 생각하던 찰나 그가 사람 좋은 미소를 띠었다. 주 반장은 지역 시세로 아파트 값의 절반 정도는 모았다고 했다. 앞으로 5년만 더 일해서 횟집을 차리겠다는 목표를 세웠다. 바닷가 고향 마을에서 자신의 가게를 운영할 계획을 말할 때는 더없이 행복해 보였다. 그 꿈의 가능성은 충분했다.

막일하는 사람들이 돈을 헤프게 쓴다고들 여기지만 실상은 그렇지 않았다. 험한 일을 하면서 흥청망청하다간 몸만 망가지고 남는 게 없다. 그가 제일 듣기 싫은 말 중 하나도 "하루 벌어 하루 먹고산다."는 거였다. 막노동 현장에서 돈을 모으는 건 자기 하기 나름이었다. 목표한 바가 있으면 굳이 돈 쓸 일도 없고, 돈 쓸 시간을 만들지 않으면 됐다. 먹고 자는 값을 치르지 않으니 그만큼 모을 수 있었다.

팀원들과의 술자리는 언제나 즐거웠다. 노동이라는 주제를 안주 삼아 이야기하다 보면 자연스럽게 공감대가 이뤄졌다. 다만, 술의 묘약이란 그때뿐일 때가 많다는 점이 아쉬웠다. 취기는 휘발성이 강했다. 술을 마시다 보면 술값과 일당이 묘하게 배치됐다. 하루 힘들게 번 돈으로 술 한잔 마시면 하루치 일당이 날아갔다. 그렇게 되면 하루가 헛수고로 증발하는 셈이었다. 그러다 보니 자기 일당을 지키느라 계산대로 뛰어가는 속도가 점점 줄어들기도 했다.

그래서 사람들은 회식 날을 학수고대했다. 한 달에 두세 번 팀장이 쏘는 회식은 그야말로 잔칫날이었다. 애인, 아내 등 파트너를 동반하는데 보통 삼겹살이나 삼계탕, 오리, 참치 무한리필 집을 찾았다. 일반 식당에선 식대 감당이 안 되니 양으로 승부하는 셈이다. 나는 한 팀원이 삼겹살, 목살을 10인분 먹는 것도 봤다. '내돈내산'이 아닌 회식의 묘미였다.

나는 회식도 물론 좋아했지만 동료 반장들 개개인과 만나는 자리를 더 선호했다. 일에 대해 더 배울 수 있었고 평소에 궁금했던 마음속 얘기도 들을 수 있었다. 주 반장은 마음에 맞는 술친구였다.

"형님, 이곳 현장에 일가족 전체가 일하는 거 알고 계세요?"

"가족 전체가? 그럼, 전체 일당이 얼마야? 굉장하군!"

내 눈이 똥그래지자 주 반장은 마치 자기 얘기인 것처럼 말을 이어갔다.

"여 반장네 가족인데요. 아내하고 딸, 아들이 현장에서 일해요. 다른 업체 소속이라 부딪힐 일도 없고, 각자 맡은 일을 하고 헤쳤다 모이는 겁니다. 함께 출퇴근하고 점심도 만나서 먹습니다. 월급을 받으면 목돈이 되죠. 아버지와 아들은 그냥 조공, 아내하고 딸은 장비 유도원을 해요. 가족이 총출동해서 열심히 일하면 한 달에 1600~2000만 원도 벌 수 있습니다. 조공 부자父子 2명의 수입이 800~1000만 원, 유도원 모녀도 합쳐서 600~700만 원은 되잖아요."

짧게 일해서 목돈을 만질 수 있다는 건 굉장한 메리트였다.

"형님, 돌관이란 말은 들어보셨어요?"

"돌로 만든 관?"

"하하. 그건 아니고요. 물량 팀이에요."

그가 말한 돌관은 10명에서 30명 남짓으로 팀을 만들어서 전국 공사현장으로 일을 다녔다. 공사가 지연돼 공기를 맞추기 어려울 때 인력과 자재를 단기간에 집중적으로 투입해 속전속결로 처리하는 특공대 격이다. 이들은 야간, 휴일 할 것 없이 쉬지 않고 일하면서 일반 조공보다 일당을 몇 만 원씩 더 받았다. 급하게 일하다 보니 위험수당을 붙이는 것이다. 돌관 팀은 짧고 굵게 돈을 벌었다.

그의 말을 듣고 보니 며칠 전 비계 팀에 들어온 사람들을 말하는 것 같았다. 이들 돌관은 10명쯤 됐는데 손에 모터를 달았는지 숙련된 기술을 갖고 있었다. 한 달 치 월급을 받고 15일 안에 작업을 끝내는 임무였다. 일 처리 속도가 너무 빨라 신기할 정도였다. 그러나 그들의 곡예사 같은 손놀림은 상당히 위험해 보였다. 비계를 해체하는 데 파이프를 거의 던지다시피 했다. 대부분 50대 이상이었는데 허리가 구부정하고, 어깨가 돌아가고, 목이 휜 사람이 많다는 게 아이러니였다. 목돈을 번다고 부러워할 일만은 아니었다. 그들이 단시간 내 목돈을 벌 수 있는 건 지병과 맞바꾼 희생의 대가일 수도 있겠다는 생각이 들어서였다.

*

나는 방 4개, 화장실 2개, 앞뒤 베란다가 딸린 44평 아파트에 살고 있다. 비와 바람을 피할 집이 있다는 사실만으로 가슴을 쓸어내리곤 한다. 하지만 대출이 끼어 있어 안방과 부엌까지는 은행에 저당 잡힌 것이나 마찬가지다. 은행이 주인이라고 해도 할 말이 없다. 그렇다면 남는 공간은 어디인가. 뭐 빼고 뭐 주고 나면 남는 건 빚뿐이다.

돈에는 필시 발이 달려 있다고 생각한다. 벌면 나갈 일이 생기고, 모으려고 하면 목돈이 뭉텅 나간다. 마이너스로 시작한 사람이 통장의 잔액을 플러스로 만들기란 여간 어렵지 않다. 월급이 들어오는 순간 카드사가 먼저 빼 가고 이어서 은행권이 달려든다. 정작 통장 잔고를 확인할 땐 채권자들이 치고 빠진 얼룩만 남아 있다. 이제 공과금과 약간의 보험료, 통신비를 정산하고 나면 한숨만 남는다. 소시민의 비애다. 나는 재테크에 젬병이고 돈 버는 것보다 돈 쓰는 일에 도통했다. "돈은 써야 들어온다."는 어느 개똥철학을 굳게 믿던 때도 있었다. 하지만 그 계산법이 틀리다는 걸 30년 만에 깨달았다. 돈을 쓰면 그냥 나가는 것이지, 나간 만큼 복덩이가 굴러들어 오지는 않았다.

막노동을 해서 번 돈과 기자 시절에 번 돈의 무게감은 다르게 다가왔다. 물론 기자 때 번 돈이라고 해서 쉽게 번 건 아니었다. 하지만 막노동을 해서 번 돈은 쉽게 써지지 않았다. 먹고 싶은 게 있어도 한 번은 참게 되고, 사고 싶은 게 있어도 한 번은 곱씹게 됐다. 가치 있게 쓰고 싶었다. 막노동을 시작한 이후 부모님 용돈을 아내를 통해서가 아니라 직접 드릴 수 있게 된 것도 뿌듯했다. 은퇴 이후 갑자기 벌게 된 돈은 떼돈이 아니었다. 오히려 씀씀이를 절제하고 검약을 알게 해준 알토란 같은 돈이었다.

돈의 씀씀이는 모두 다르다. 돈 모으는 재주도 사람마다 다르다. 가족 전체가 나서서 목돈을 버는 사람들, 목돈을 좇아 둥지를 옮기는 물량 팀, 아껴 쓰며 미래의 행복을 모으는 다수의 노동자들. 나는 막노동을 해서 부자가 되려고 했던 게 아니었다. 부자라고 해서 모두가 행복한 것도 아니다. 모든 노동자들의 소망처럼 먹고 싶은 거 먹고, 입고 싶은 거 입고, 가고 싶은 여행도 갈 수 있는 미래의 꿈을 저금하자는 거였다.

그럼에도 나는 모든 노동자가 부자가 됐으면 좋겠다. 물질적인 풍요만을 얘기하는 건 아니다. 나에게 밥을 안 사줘도 좋고, 술을 안 받아줘도 괜찮다. 그냥 돈 많이 벌어서 아프지 말고 행복하게 살았으면 좋겠다. 어떻게든 현장에서 살아남아 따뜻한 밥도 먹고, 뜨끈한 온돌방에서 꿀잠도 자면서 현재를 잘 살아가길 소망한다. 꿈을 위해 열심히 땀 흘리는 이들에게 뜨거운 안부를 전한다.

거센 풍랑이
잠잠해질 때까지

간만에 햇살 좋은 정오였다. 팀원들과 음료수를 마시면
서 볕을 쬤다. 그런데 평소와 다르게 뭔지 모를 허전함이
와락 느껴졌다. 일하는 사람들로 넘쳐나던 너른 빈터가 텅
비어 있었던 것이다. '왜 사람이 없지?' 속으로 되뇌려다 며
칠 전부터 업체들이 하나둘 현장을 떠나고 있었음을 그제
야 떠올렸다. 공사 막바지였다.

대기업 반도체 공장 증설공사는 여느 일반 공장을 짓는
것과 다르다. 길이 520m, 폭 270m, 높이 80m에 이르는 대
형 팹동 건물을 짓고 그 안에 각종 설비를 안착하는 식이
다. 반도체 생산을 위한 팹은 먼지와 소음, 자장 등으로부

터 완벽하게 보호돼야 한다. 공사는 크게 건축과 토목, 설비, 전기 파트로 나뉜다. 더 세부적으로 보면 설비 내에서 덕트(공조·배기)와 배관(가설·일반·폐액·폐수·가스·장비)으로 나뉘고 전기의 경우도 일반전기, 가설전기, 자동제어 등으로 분류된다. 그 밖에도 칸막이, 양중, 비계, 도장, 방수 등이 있다. 덕트는 천장이나 벽에 커다란 환풍기나 전기선 통로를 만드는 일을 하고, 칸막이는 석고보드 등으로 벽을 만든다. 각각 나름의 어려움이 있겠지만 경험자들은 배관-전기-덕트-칸막이-비계 순으로 힘들다고 말한다. 이런 업체들은 작업 공정도 다르지만 공사 기간도 제각각이다. 그러다 보니 일이 끝나는 순서대로 현장에서 철수한다. 비계(양중)의 경우 거의 마지막에 철거를 하기 때문에 그나마 늦게 현장을 떠난다.

낮 풍경이 한산한 이유도 공정을 마친 업체들이 이미 짐을 싸서 떠났기 때문이었다. 이는 내가 하고 있는 공정도 거의 끝물에 다다랐다는 뜻이기도 했다. 팀원들이 수군거렸다. 앞으로 어디로 갈지, 어디서 일자리를 구해야 하는지 정보를 나누고 있었지만 묘수는 없는 듯했다. 갑자기 다시 백수로 돌아가는 그림이 그려졌다.

엎친 데 덮친 격으로 반도체 업계에 불황까지 겹치면서

일이 급감하고 있었다. 이른바 '삼성 공화국'이라고 불리는 경기 평택 고덕 반도체 공장에서 일하고 있는 지인과 연락이 닿았는데 그도 끝물을 절감하고 있었다. 활황일 때는 매주 1000명에 가까운 신규 근로자를 뽑았지만 이젠 기존 인력을 쳐내기에도 바쁘다고 했다. 적게는 1만 5000명, 많게는 2만 명의 현장 인력이 사라졌다. '고덕 숙노'(고덕 숙소 노가다)라는 말이 있을 정도로 동네가 북적북적했지만 방빼는 사람들이 줄을 섰다. 충북 청주 반도체 공장도 마찬가지였다. 한때 협력업체 노동자가 1만 2000여 명에 달했지만 소수 인력만 남아 마무리 작업 중이었다. 진짜 끝이 다가오고 있었다.

아침 조회 때 빽빽하게 모여 체조하던 모습은 오간 데 없고, 시장통 같던 식당은 긴 줄을 서지 않고도 차례가 왔다. 조공 월급이 500~800만 원에 달했지만 임금도 반토막 났다. 연장·철야 근무는 옛말이 됐고 매일 맨대가리(기본 공수)에 그쳤다. 이마저도 일자리가 없어진 많은 사람들이 짐을 싸서 떠났다. 누군가는 잘렸고 누군가는 돈을 좇아 떠났다. 청주에서 부산으로, 평택에서 이천으로, 다시 청주에서 아산 탕정으로, 또다시 평택에서 용인, 파주로 떠나가고 있었다. 길 잃은 유목민 신세였다.

*

내가 반도체 공사현장에 들어왔을 때만 해도 사람과 돈이 넘쳐났다. 불과 7개월 전의 일이었다. 화려한 시절이 짧아도 너무 짧았다. 이제 돈 좀 버나 싶을 때 파리 목숨이 된 것이다. 일이 넘쳐날 땐 힘겨워 쉬고도 싶었는데 막상 일이 사라진다고 하니 그렇게도 간절히 일이 하고 싶어졌다. 일이란 언제나 이율배반의 평행선을 달린다. 물론 매일매일 일하고 싶어 안달 난 사람은 없다. 일해야 먹고살 수 있으니 일을 하는 것이다. 막노동판에서 사명감이니 보람이니 하는 개똥철학을 가진 사람은 소수에 지나지 않는다. 소시민에게 노동은 도망칠 수 없는 절벽 위 벼랑 끝 같은 것이다.

문제는 일이 없어졌을 때의 상실감이 너무 크다는 것이다. 오늘 갑자기 일이 없어지는 충격적인 현실을 자각하는 순간 불안과 두려움이 동시에 엄습한다. 출근이란 늘 지겨운 윤회지만 막상 출근할 필요가 없어지고 나면 마음 한편에 구멍이 난다. 여행이 즐거운 이유도 땀 흘린 대가로 아주 가끔 주어지는 자유이기 때문 아닌가. 1년 내내 일하지 말고 여행만 다니라고 한다면 그건 즐거움이 아니라 괴로움일 것이다.

다음 날 팀원들을 보니 왠지 모르게 축 처져 있었다. 모두가 이별을 준비하는 것 같았다. 누군가는 열심히 누군가와 통화하고, 누군가는 열심히 누군가와 정보를 나누고 있었다. 직접 묻지는 않았지만 다음 일자리를 구하는 게 분명했다. 나는 마땅히 연락할 곳이 없었다. 처음 온 현장이었기에 인맥도 정보도 없었다.

작업 공정도 이별 중이었다. 남아 있는 일들을 빨리빨리 해치웠고 정리 수순에 들어갔다. 팀원들은 전에 없이 서둘렀다. 일이 손에 잡히지 않았다. 허공에 붕 뜬 기분이었다. 그날 저녁, 예정에도 없던 회식까지 잡혔다. 보통은 팀장이 소집하는데 이번엔 최고 선임자가 주최했다. 퇴근 후 식당에 모였다. 선임은 다음 주까지 일을 마무리할 것이고 다음 현장은 아직 없다고 고지했다. 술맛이 썼다. 알코올이 입안에 닿자마자 쓴 내를 풍기며 모래알처럼 목구멍을 긁고 넘어갔다. 회식 중간중간 전화를 받기 위해 밖으로 들락날락하는 팀원이 제법 있었다. 누군가는 웃으며 들어오고, 누군가는 시무룩해져서 돌아왔다. 다음 일자리에 대한 희비라고 생각했다. 나는 여전히 누구와도 통화하지 못했다.

나는 막노동을 하며 생의 의욕을 되찾았다. 늦은 나이에도 뭔가 일할 수 있다는 자체가 마냥 좋았다. 막노동에 대한 선입관과 시선도 크게 바뀌었다. 그런데 일이 사라지고 있었다. 매일 출근하던 바다에 풍랑이 일었다. 풍랑이 일 때는 피할 방법이 없다. 잔잔한 물결이 너울로 돌변하는 순간 삼각파도는 절벽의 등허리를 때리며 산산이 부서질 것이다. 밀려오는 물결과 밀려 나가려는 물결이 부딪쳐 집채만 한 배를 집어삼킬 수도 있을 것이다.

하지만 이 풍랑도 언젠가는 잠잠해지리라고 믿는다. 제2의 인생에 있어서 풍랑은 불가피하게 맞닥뜨려야만 하는 것일 테다. 풍랑이 그치면 이 바다는 다시 넓은 품을 내어줄 것이다. 희망의 돛단배를 띄운다. 지금 좌초돼도 다음 항해를 또 시작하면 되니까. 이 험로는 분명 다음 항로의 밑거름이 될 것이다. 어쩔 수 없이 닻을 내렸지만, 언젠간 찬란한 돛을 다시 펄럭이며 나의 일이 있는 곳으로 향해 가리라, 그렇게 믿기로 했다.

2부

나의 시간은 낡지 않았다

한번 밑동이 잘린 나무는 이듬해 잘린 그루터기에서

곁가지들이 뻗친다. 곁가지가 다시 나무가 되지는 않는다.

하지만 곁가지에도 이파리는 돋아난다.

그 이파리는 끈질긴 생명력이다.

원가지에서 뻗어난 곁가지는 잘릴 운명이지만

이파리를 틔우기에 희망이다.

몸통이 잘리고도 희망의 이파리를 틔워내는 그루터기가

있기에 우리는 힘들 때 그곳에 잠시 앉아 쉬어 갈 수 있다.

살아서 천년, 죽어서 천년을 사는 주목朱木은

주검이 되어서도 푸른 잎을 틔운다.

몸뚱이는 생명력을 다했지만 줄기를 흐르는 생명선은

죽지 않는다. 가냘픈 가지를 붙잡고 세월의 풍화를 견뎌낸다.

은퇴한 중장년들의 삶도 밑동이 잘린 나무나 다름없지만

생명력이 있기에 다시 곁가지를 뻗치고

이파리를 틔울 수 있다.

저 좀 봐주세요,
저 좀 써주세요

어느 날 갑자기 일이 사라졌다. 막노동은 내 뜻에 따라 끝낸 것이 아니었다. 공사가 완전히 끝났고 내가 속한 업체도 현장에서 철수했다. 막노동 현장 일이 언제 어떻게 변할지 모른다는 사실을 알고는 있었지만 너무 갑작스러웠다. 계약 해지 통보는 간단했다. 종이 한 장을 던져주기에 사인했더니 끝났다. 그나마 지금까지 잘해줘서 고맙고, 어디를 가든 잘 지내란 인사는 해줘서 다행이었다. 팀장은 일거리가 생기면 연락을 주겠다고 했다. 팀원들과는 쓴 소주 한잔으로 이별 의식을 끝냈다. 헤어지는데 처음 만나는 사람들처럼 데면데면했다. 현장에선 깊은 정 줄 필요 없다던 주

반장 얘기가 떠올랐다. 만나고, 헤어지고, 언제 다시 만날지 모르는 불확실한 관계에 대한 조언이 이런 날을 위한 것이었음을 알았다. 일이 없어지자 머릿속도 백지가 됐다. 무슨 일을 해야 할지, 어디서부터 시작해야 할지 막노동을 처음 시작했을 때의 공허함이 밀려들었다.

나의 막노동의 뿌리는 유년 시절에서 출발했다. 사과 과수원을 했던 우리 집은 부농이라기보다는 근근이 체면치레하며 먹고살 정도의 빈농이었다. 아버지는 사과 농사만으로는 수지타산이 맞지 않자 과수원 사이사이에 여러 곡물과 채소 들을 심었다. 어느 해엔 땅콩을 심었고 호박, 감자, 고추, 오이 등도 심었다. 빈틈 한 뼘 없는 땅뙈기는 사과 농사가 본업인지 부업인지 모를 정도가 됐다.

문제는 노동력이었다. 아버지는 사람을 부려 농사를 지어보기도 했지만 이마저도 인건비 감당이 안 되자 자식들 힘을 빌렸다. 사과 적과, 농약 치기, 거름 주기, 사과 따기, 호박·고추 심기와 따기 등 겨울을 뺀 1년 농사를 함께했다. 자식 농사보다는 먹고살 농사가 급했다.

그러다 보니 나에게도 휴일이 사라졌다. 평일엔 학교에 다니고 주말엔 밭으로 나가야 했다. 시내에 사는 친구들이 축

구를 하자는 날에도 나는 농약 줄을 잡고 있었다. 언젠가는 아버지 허락을 받지 않고 하이킹을 다녀왔다가 호되게 혼난 적도 있었다. 아버지는 자식들 공부에 별로 관심을 두지 않았다. 그나마 학교를 다닐 수 있어서 다행이랄까, 나의 학창시절은 학교와 농사 일이 전부였다. 고등학교 2학년 때까지 내게 휴일은 거의 없었다. 그건 마치 산꼭대기까지 커다란 바위를 밀어 올리는 무한반복의 형벌을 받은 시시포스의 노동 같았다.

이후 나는 불초소생不肖小生이 되었다. 불초는 닮지 않았다는 뜻이다. 즉 부모를 닮지 못한 못난 자식을 뜻한다. 효심을 무엇보다 중시했던 옛날 사람들에게 자식이 부모를 닮지 않았다는 건 크나큰 불효였다. 하지만 나는 가혹하게 일을 시켰던 아버지를 원망했고, 그를 닮지 않으려고 노력했다.

이제 유년의 노동은 기억에서 추억으로 치환되고 있다. 힘에 겨웠던 아버지의 노동을 이해하기 시작했고, 아버지가 내렸다고 생각했던 무한반복의 형벌과도 화해하기 시작했다. 자식에게까지 어쩔 수 없이 막일을 시켜야 했던 고통을 알게 된 것이다. 농사를 지어도 늘어나는 빚, 자식 셋을 건사하기 위해서 휴일도 없이 일해야 했던 가장의 짐, 품삯을 아끼기 위해 자식의 노동력이 불가피했다는 것을 뒤늦게 깨달았다.

돌이켜보면 노동을 뺀 모든 부분에서 나의 부모는 가장의 역할을 잘해내셨다. 덜 먹고, 덜 입고, 덜 부유했던 부분은 미안해할 일도 미안한 일도 아니다. 행복의 기준에서 보면 하등 문제되지 않는다. 매우 행복했고 매우 가족다웠다. 아버지와 어머니가 살아온 억척스러운 인생은 내가 아버지가 됨으로써 계보가 이어졌다. 1960년대생 베이비붐 세대인 나도 치열했던 부모의 삶을 살고 있다.

문제는 나이가 죄인 것처럼 느껴진다는 사실이다. 나이는 벼슬도 명예도 아니라고 생각했지만 막상 세월이 흐르고 나니 모든 곳에서 열외로 밀려나고 있다. 나이가 죄인지, 시간이 죄인지 그 용의점이 모호하다. 지금 우리 사회는 급속도로 늙어가고 있다. 그런데 고령화 사회를 위한 대비책들은 실제 변화 속도를 따라가지 못하고 있다. 통계청은 2025년 65세 이상 고령 인구 비중이 20%를 넘어선다고 내다봤다. 나이를 먹고 하릴없는 존재로 전락할지 모른다는 불안은 개개인이 감당하는 것이 아니라 국가와 사회가 함께 해결해야 하는 문제다.

중년이 되면 사실상 사는 재미가 없다. 안 아프면 다행이다. 그렇다고 창창한 나이에 주저앉아 쉴 수만은 없으니 무슨 일이든 닥치는 대로 하려고 한다. 아무것도 잃을 것 없는 사람이 세상에서 가장 무섭다는 말이 가슴에 와 닿는다. 그래서 자꾸 딴짓이라도 하려고 발버둥 친다. 어쩌다 나이를 먹었고, 어쩌다 은퇴를 했으며, 어쩌다 보니 일거리를 찾아 떠도는 유목민이 됐다. 이 불안감은 의지와 상관없이 작동한다. 나약하고 초라한 상황은 이따금 죄책감이 되어 돌아왔다. 현 세대가 다음 세대에게 무엇을 해줄 것인지, 또 무엇을 해쳤는지에 대한 당혹감 같은 것이다. 강한 척, 든든한 척했지만 막상 때가 닥치니 뭐가 뭔지 어리둥절해하는 마음인 것이다.

아, 나는 어쩌다 이리도 하찮은 사람이 돼버렸을까.

*

새벽녘에 저절로 눈이 떠졌다. 막노동을 하며 일찍 일어나던 습관이 석고처럼 굳었다. 알람이 없어도, 아내의 깨움이 없어도 그냥 반사적으로 일어난다. 냉수를 한 사발 들이켰다. 잠시 뇌의 움직임이 멈춰버린다. 시간도 멈춘다. 오늘은 무슨 일을 해야 할까. 아예 할 일 자체가 없음을 깨닫는 순간 다리 힘이 풀린다. 일찍 일어날 필요도, 일찍 끼니를 챙길 필요도 없는 이 황망한 시간 위에 우두커니 서 있는 자신이 궁상스러울 뿐이다. 휴지기가 길어질수록 괴로움의 크기도 커졌다. 한창 일하다가 다시 집에서 쉬려다 보니 몸이 근질거려서 잠시도 가만히 있을 수 없었다.

한동안 못 했던 등산에 나섰다. 등산로는 장맛비에 질척거렸다. 정상까지는 1시간 남짓이다. 속도를 붙여봤자 10분 차이니 크게 서두르지 않았다. 빗소리에 귀 기울이며 사색하는 즐거움에라도 빠져보려 애썼다. 산은 정복하는 것이 아니라 잠시 빌리는 것이고, 정복해야 할 대상은 산이 아니라 우리 자신이란 말이 새삼 다가왔다. 과연 산 정상에는 샹그릴라(신비롭고 아름다운 산골짜기)가 기다리고 있을까. 들메끈을 고쳐 신고 언덕만 넘으면 이상향이 나올 것 같은데 한 걸음 한 걸음 옮길 때마다 한숨만 깊어졌다. 일을 다시 할 수 있을까, 언제 일이 생길까 하는 초조함이 머릿속을 떠나지 않았다.

정상에서 내려다본 도시는 활기찼다. 그 안에서 느껴지는 움직임이 일터를 향한 욕망을 깨웠다. 정자 아래 돌계단에서 가쁜 숨을 내쉬고 있을 즈음 나를 부르는 소리가 났다.

"저기요……."

소리 나는 쪽을 바라보니 낯익은 얼굴이 나를 쳐다보고 있었다. 그는 이름만 대면 알 만한 생활화학 특화 대기업에 다니다가 지역 본부 사장으로 은퇴했다. 나와 동년배였고 은퇴 시점도 비슷했다. 근황을 물으니 새로운 직장을 찾아다니는데 잘되지 않아 괴롭다고 했다. 매일같이 산에 오르는 이유도 고뇌를 잊기 위해서였다. 서로의 고통을 확인하는 순간 슬픔이 전이됐다.

우리는 대다수의 베이비부머가 겪는 격랑과 파장을 온몸으로 맞고 있는 중이었다. 그는 은퇴 후 낙향해 유유자적의 삶을 보내겠다는 꿈을 꾸었지만, 퇴직 이후의 삶은 생각과 달랐다. 현실에 직면하니 늙은 청년, 젊은 노인의 나약한 일상이 돼버렸다. 그는 노후에 대해선 크게 걱정하지 않았다고 했다. 고액 연봉자였던지라 모아둔 돈도 있고, 펀드에 투자도 해놓았기 때문이다. 그런데 문제는 엉뚱한 데서 터졌다. 운이 좋게 곧바로 한 중소기업 지역 본부장에 재취업했는데 대기업과 중소기업 시스템이 180도 달랐다. 처음엔 자기 경험을 접목시키면 잘 적응할 수 있으리라고 가볍게 생각했다. 기업 측에서도 밀어주는 분위기였다. 그런데 시작부터 스텝이 꼬였다. 직원들이 따라주지 않았다. 웬 어르신이 갑자기 나타나서 달달 볶느냐는 반응이었다. 뭔가 잘해보겠다는 열정은 오래가지 못했다. 어느 순간 자신감이 자괴감으로 바뀌었다. 직원들과 수십 번 조율하고 설득도 해봤지만 묘수가 없었다. 결국 그는 한 달을 못 버티고 보따리를 쌌다.

그는 무계획이 계획이라고 나지막이 말했다. 안 보던 아내 눈치까지 보게 됐다면서. 모아둔 돈은 자식들 시집·장가 가는 데 목돈으로 나갔고, 펀드에서 조금씩 뺀 돈을 생활비로 쓰고 있었다.

"돈은 모을 땐 힘들지만 나갈 땐 구멍 난 독이잖습니까? 아내는 경비원이라도 알아보라고 합디다. 그런데 그게……."

말꼬리를 흐리는 그의 얼굴에서 대기업에 다녔을 때의 기 센 자존심이 읽혔다. 예상은 적중했다. 내가 묻기도 전에 경비원이나 단순 노무직은 못 할 것 같다고 했다. 아직 절박 단계까진 이르지 못한 모양이었다. 절박하면 뭐든지 할 텐데……. 그는 여전히 헤매고 있었던 것이다.

*

한국의 베이비붐 세대는 1955~1963년 사이에 태어난 세대를 뜻한다. 1950년대 중반에 태어난 초기 베이비부머, 1960년대 중반을 전후해 태어난 후기 베이비부머로 나누기도 한다. 이들 세대는 이중 부양(부모와 자녀)의 짐을 짊어진 이른바 '샌드위치 세대'로, 직장에서는 은퇴했는데 삶에선 은퇴하지 못한 사람들이다. 우리나라 전체 인구 중 가장 높은 비율(약 860만 명)을 차지한다. 베이비부머는 산업화의 주역이자 1980년대 민주화운동과 1997년 국제통화기금IMF 외환위기를 겪었다. 청년이었을 땐 노동, 중년이 됐을 땐 부양, 노년이 됐을 땐 은퇴라는 변곡점을 관통하며 어느덧 시대의 중심부에서 변두리로 밀려나버렸다. 반면에 이들은 경제 성장, 정치·사회 민주화를 이루었지만 집안 살림의 민주화는 이루지 못했다. 한때 사회의 동력이었지만 은퇴 후에는 집안과 사회의 짐이 되어버린 것이다.

베이비부머는 호황기와 불황기를 모두 겪은 '낀 세대'이자 '마처세대'라고도 불린다. 마처세대는 부모를 부양하는 '마'지막 세대이자, 자녀에게 부양받지 못하는 '처'음 세대를 말한다. 주산(주판)의 마지막 세대이자 컴맹 1세대, 부모를 부양했지만 자식에게 부양받지 못하는 첫 세대, 가족에게 헌신했지만 가족에게 헌신짝 취급받는 세대, 뼈 빠지게 일하고도 구조조정된 세대다.

등허리 휘도록 살아온 베이비부머의 등짝에는 여전히 감당하기 벅찬 짐들이 한가득이다. 부모를 직접 부양하거나 요양원에 모셔도 손품이 들고 비용이 들어간다. 베이비부머의 부모 중 생활비를 스스로 해결하는 비율은 30%에 그

친다. 부모와 성인 자녀 모두를 돌보는 5060의 비율은 무려 34.5%다. 이처럼 더블 케어를 하는 10가구 중 4가구는 손주까지 돌보는 이른바 트리플 케어를 하고 있다.

캥거루족을 둔 부모의 경우엔 이중고를 겪는다. 캥거루족은 대학을 졸업한 후에도 경제적으로 자립하지 않고 부모와 동거하는 청년들을 말한다. 베이비부머는 재취업하기 위해 전전긍긍, 그들의 자식은 아르바이트를 하거나 취업 준비를 위해 전전긍긍한다. 한 집에 최소 2명이 반백수인 셈이다. 만약 자식이 취업에 성공했다고 해도 결혼 자금을 도와주려면 까마득하다. 문제는 일하고 싶어도 일자리가 없다는 점이다. 50~60대 은퇴자를 받아주는 곳은 많지 않다. 마음은 청춘인데 사회에선 이미 퇴물 취급을 당한다. 쥐꼬리만 한 연금으로는 공과금 내기에도 빠듯하다.

1만 3000여 개에 달하는 우리나라 직업 중 베이버부머의 선택지는 극히 제한적이다. '100세 시대', '평생직장'이란 말이 공허한 이유다. 한곳에서 오래 버티기도 힘들거니와, 있는 힘껏 버틴다고 해도 60세 전후가 되면 짐을 싸야 한다. 그렇다 보니 최소 2~3개의 직업군을 돌고 돌아야 그나마 연명할 수 있다.

테일러Taylor(양복장이), 카펜터Carpenter(목수), 스미스Smith(대장장이), 피셔Fisher(어부), 베이커Baker(제빵사), 부처Butcher(정육점 주인), 대처Thatcher(지붕 수리공), 채플린Chaplin(목사), 쿡Cook(요리사)······.

유럽이나 미국의 경우엔 직업에서 유래된 성씨가 많다. 직업이 바로 '나'인 것이다. 일이란 남녀노소 누구에게나 삶을 이어가게 하는 자신의 이름표다. 그래서 베이비부머들의 퇴직은 훈장이 아니라 낙인 같은 것이다. 늙은 사람은 비효율적이라는 인식, 퇴직하면 경제적 능력이 없고 비생산적 인간이라는 꼬리표가 붙는다. 그래서 '그때 그랬더라면' 하고 후회한다. 그때 조금만 더 참고 일했더라면, 그때 욱하지 않았다면, 그때 그 상황을 피하지 말고 정면으로 부딪쳤더라면, 그때 그 직장으로 가지 말고 자숙했더라면, 그때 그 돈을 받고 더 욕심내지 않았더라면, 그때 술집 대신 도서관에서 후일을 대비했더라면, 그때 현실에 안주하지 말고 은퇴 이후를 생각했더라면······.

하지만 이 가정법은 늘 한발 늦는다. 그 순간은 다시 오지 않는다. 더욱 두려운 일은 세상 밖으로 던져진 초라한 자존감이다.

"열심히 하겠습니다. 저 좀 써주세요."

우리 시대의 중장년들이 세상을 향해 읊조린다. 이 하소연은 한없이 처량하다. "한 푼 줍쇼."의 비굴함처럼 혀가 말려들어간다. 이런 절규는 연기할 수가 없다. 명치끝에서 올라오는 절박함과 초조함이 뒤섞여 자동반사적으로 나온다. 어떤 명배우도 그 표정을 재연할 수 없다. 그저 최대한 예의를 갖춘 늙은 가장의 호소력에 의존하는 것이다.

나는 베이비부머의 삶이 노각과 시래기 같다고 생각한다. 노각은 늙은 조선 오이다. 일반 오이보다 껍질이 거칠고 조직에 수분이 적어 단단하다. 빛이 누렇게 된 오이라는 뜻에서 황과黃瓜라고도 부른다. 딱 봤을 땐 볼품없지만 그것이 지닌 세월의 맛, 시간의 맛은 아작아작하니 젊은 오이 못지않다. 시래기는 푸른 무청을 새끼 등으로 엮어 겨우내 말린 것이다. 시래기는 겉보기엔 먹을 수 없을 만큼 바싹 말라 있지만 삶는 순간 푸른 기가 돌며 싱싱해진다. 청춘이 되는 것이다. 다시 젊어지는 것이다. 시래기는 늙은 게 아니라 나중에 소중하게 되살아날 푸른 채소다. 신통방통하다. 겉으론 나약하고 볼품없지만 미래를 위해서 언제든지 힘을 내고 되살아날 각오가 돼 있다. 처마 밑에서 겨울 칼바람을 온몸으로 맞으며 봄날을 기약하는 건 헌신과 희생

172

의 몸짓이다.

우리 인생에는 세 번의 정년이 있다고 한다. 첫 번째는 회사가 결정하는 고용 정년, 두 번째는 자기 스스로 정하는 일의 정년, 세 번째는 하늘의 뜻에 따른 인생 정년이다. 은퇴 이후의 시간은 덤도 아니고 여백도 아니다. 내성적인 사람도 외향적으로 돌려놓는 게 은퇴 후의 삶이다. 사람 상대하는 영업에 젬병이었던 사람도 더 이상 사람 만나는 게 두렵지 않게 된다. 보험을 설계하듯 자신의 능력을 설명하는 데도 도가 튼다. 부끄러움을 잃어서가 아니다. 부끄러움을 숨기고 열심히 살아보려는 분투다. 차근차근 주어진 삶 속으로 들어가 제2의 인생을 낚으려는 의지다. 그물로 물을 잡을 수는 없지만 용기를 내보는 것이다. 그래서 또다시 이렇게 외친다.

"열심히 살았습니다. 저 좀 봐주세요."

중요한 것은
꺾이지 않는 마음

대부분의 직장인이 그렇듯 나 역시 기자로 일하는 동안 '퇴사'를 마음속에 자주 그리며 살았다. 유난히 힘든 시기에는 하루가 멀다 하고 회의와 번민이 찾아들어 '다 그만두고 라면집이나 차릴까.'도 생각했다. 하지만 신문사 일 외에는 다른 일을 해본 적이 없었기에 기자를 나름의 천직이라 여기며 참고 견뎠다. 그렇게 적지 않은 시간이 흘렀다.

한때 몸담았던 신문사에서는 매주 한 번 광고영업 전략회의가 열렸다. 경영진과 편집국 간부들이 회장실에 모여어떻게 수익을 낼 것인지를 논의하는 자리였다. 신문사도하나의 기업이다. 수익이 나야 기자들에게 월급을 주고 회사를 유지해갈 수 있다. 그런데 시간이 갈수록 경영진은 신문의 질보다는 수익의 양에 신경을 썼다. 무슨 보험회사 실적 발표하듯 프레젠테이션을 시연해놓고 누가 영업을 잘했는지 따져 묻고 채근했다. 실적이 달릴 땐 고함이 오가기도 했다. 더욱이 기자들을 평가할 때도 취재 능력이나 기사 작성 능력보다는 광고 실적을 높이 평가했다.

편집국 간부였던 나도 그 포화를 비켜 갈 수 없었다. 회의가 끝나고 둘만 남은 어느 날 회장이 나에게 위스키를 건네면서 직원 품평을 하기 시작했다. 오후 2시 낮술이었다.

"아무개1은 능력이 안 돼. 잘랐으면 좋겠는데 묘안이 없어. 하루하루 지켜보는 것도 신물이 나는군. 방법이 없을까? 그리고 아무개2는 초등학교는 나왔나? 기사를 발로 쓰는 것 같아. 내가 써도 개보다는 더 잘 쓸 것 같은데. 재교육해서 안 되면 잘라야지. 아무개3은 광고 영업이 안 돼. 신문사를 폼으로 다녀서야 되겠어? 월급을 받으려면 최소한 지 몸값은 해야 하는 거 아냐? 나는 뭐 땅 파서 월급 주냐고?"

"……."

"아무개4를 보란 말이야. 걔는 기사도 잘 쓰고 영업도 잘 해. 나이가 제일 젊은데도 싸가지가 있어. 집안도 좋단 말이야. 아버지가 중소기업 사장이고 어머니가 장학사라며?

시골에 땅도 엄청나게 갖고 있다고 하던데······. 몇 단계 건너뛰어서라도 승진시키고 싶은 심정이야."

온더락 잔에 스트레이트로 두 잔을 마셨는데 취하지도 않았다. 회장은 부유한 부모덕에 그 자리에 앉아 있었다. 말이 거칠고 다혈질이라서 그때그때 비위 맞추기가 힘들었다. 당시 나의 화법은 한마디로 '예스맨yes-man'이었다. 대한민국 어느 직장에나 한두 명은 꼭 있다는 예스맨은 심지어 국어사전에도 등재되어 있다. '예스맨'은 "윗사람의 명령이나 의견에 무조건 따르기만 하고 자기 의견이 없는 사람"이다. 나는 그가 어떤 잡일을 시켜도 군소리 없이 "네, 네."라고만 대답했다. 그렇게 하지 않으면 뒷감당이 안 돼 피곤했다. 대신에 나는 상의 안쪽에 항상 사표를 넣고 다니며 '해볼 테면 해봐라. 언제든지 떠난다.'는 생각을 하고 있었다. 사표는 은장도 같은 다짐이었다.

회장이 인터폰에 대고 차를 대기시키라고 지시했다. 그러더니 내 낯빛을 살폈다. 나는 술 한 방울 안 마신 사람처럼 두 눈을 부릅떴다. 회장 전용차는 시내를 한참 벗어나 어느 한적한 골짜기의 허름한 식당으로 향했다. 대단한 단골이 아니면 전쟁이 나도 모를 만한 요처였다. 차를 타고 가는 동안 마음속으로 회장의 직원 품평을 몇 번이고 되뇌

어봤다. 그가 말한 기자들에 대한 평가는 대부분 왜곡돼 있었고 과녁을 한참 벗어나 있었다. 특히 아무개4에 대한 평가는 다분히 좋은 집안, 연기대상감 아부에 방점이 찍혀 있었다. 하지만 내가 보기에 아무개4는 기사도 그저 그랬고 성격도 별로였다.

동동주에 파전을 시킨 회장이 팔짱을 낀 채로 내 눈을 쳐다봤다.

"세상에 사람 쓰기가 제일 어려워. 괜찮은 놈은 안 보이고 월급만 축내는 기생충들이 많아. 나 국장 생각은 어때?"

"가까이서 겪어보면 진국도 많습니다…….'

"진국? 누구?"

순간 "아무개4 빼고 다요."라고 말할 뻔했다. 절묘하게도 주인장이 동동주와 파전을 가져와 맥이 끊겼다.

"나는 말이야. 아부하는 놈들이 싫어. 교활하고 비겁해. 나중에 뒤통수칠 것 같단 말이야. 진득하고 묵묵히 자기 일에 충실한 사람이 좋아. 제일 중요한 건 애사심이야. 내 주머니 털어 갈 궁리만 하는 애들 말고 내 주머니 채워줄 개미가 필요하단 얘기지. 곳간이 비면 머슴도 쫓겨나는 법이야."

"……"

그때의 나는 예스맨이었으므로 입 밖으로 자꾸 나오려는

말을 꾹꾹 되삼켰다.

'아부하는 놈들이 싫다고? 아부하는 놈들만 감싸면서!'

"똑똑히 지켜봐. 아무개1부터 아무개3까지 그리 오래 못 버텨. 그딴 식으로 일해서 차장, 부장, 국장까지 달겠어? 어림없지."

그로부터 10여 년이 지났다.

아무개들 모두가 열외 없이 살아남아 각자의 자리를 잡고 있다. 회장이 그렇게 간절하게 자르고 싶어 했던 아무개1은 이미 편집국장을 지낸 뒤 사장으로 재직 중이며, 아무개2와 3은 각각 전무, 상무가 됐다. 아무개4도 편집국장이 된 이후 승승장구하고 있다. 최후의 승자는 능력자가 아니라 어떻게든 버텨낸 사람, 맷집 좋은 사람일 수도 있다. '중꺾마'(중요한 건 꺾이지 않는 마음)라는 말이 희대의 유행어가 된 것도 그 때문은 아닐까.

'회장에게 나는 몇 번째 아무개였을까.' 가끔씩 궁금했다. 그때 사표를 쓰지 않고 버텼더라면 나는 지금쯤 어떻게 됐을까 하는 생각을 해보곤 한다. 후회도 많이 한다. 신문사도 기업이고, 기업이 이윤을 내야 하는 건 당연했다. 나만 깨끗한 척, 나만 고결한 척, 나만 기자인 척 자만심에 빠져 있었던 건 아닌지 자문하기도 한다. 성급하게 결론짓지 말고 조급하게 도망치지 않았다면 뭔가 달라져도 달라지지 않았을까.

나는 퇴사나 이직을 즉흥적으로 생각하는 직장인들에게 견딜 수 있을 만큼은 견뎌보라는 말을 해주고 싶다. 고리타분한 얘기일 수도 있겠지만 30년 직장 생활을 통해 얻은 나름의 교훈이다.

① 도망치지 않는 자가 승자다. 욱해서 사표를 던지지 마라.

② 피할 수 없다면 즐겨라. 천재는 노력하는 자를 이길 수 없고, 노력하는 자는 즐기는 자를 결코 이길 수 없다.

③ 오늘 할 일을 내일로 미뤄도 된다. 자신을 너무 닦달하면 잘될 일도 오히려 망친다.

④ 인사만 잘해도 사람이 달라 보인다. 상하를 막론하고 인사하는 데 인색하지 마라.

⑤ 끊임없이 보고 배워라. 뭐라도 익혀놓으면 쓸데가 있다.

⑥ 롤 모델을 꼭 한 명은 만들어라. 그를 본받으면 언젠가는 자신도 그렇게 된다.

⑦ 단정한 품행에 신경 써라. 품행이 사람의 인성을 보여준다.

⑧ 세상에 공짜 점심은 없다. 공짜는 가짜 관계를 만든다.

⑨ 뭐든지 도전하고 보라. 가만히 있으면 0%지만 일단 하면
　1% 이상 건진다.

⑩ 뒷담화하지 마라. 욕은 반드시 돌아온다.

생애 첫 회사에서 은퇴하는 평생직장 개념은 이미 사라졌
다. 요즘 직장인들은 연봉과 커리어를 관리하며 이 직장에
서 저 직장으로 옮겨 다닌다. 그 이면에는 불안정한 회사 사
정과 불합리한 처우, 시대에 뒤처진 사내 문화 등에 대한 불
만도 있을 것이다. 하지만 불안과 불만으로 현재를 갈팡질
팡하며 보내기에 젊음의 시간은 너무 빨리 흐른다. 나는 인
생 2막을 제대로 살려면 젊은 시절에 자기만의 내공을 착
실히 쌓아놓으라고 조언해주고 싶다. 내공은 기본기다. 기
본기가 착실히 쌓이면 나중에 어떤 상황이 닥쳐도 버틸 힘
이 생긴다.

'때가 되면 뭐라도 하고 있겠지.' '나중 일은 나중에 생각
하자.' '될 대로 돼라. 인생은 어차피 한방.'이란 생각은 착
각이다. 시간은 기다려주지 않는다. 화려한 시절은 초라하
게 진다. 하지만 지금 초라해도 묵묵히 준비하며 버티고 견
디면 화려한 날은 다시 올 것이다.

사는 게 별거더냐,
밥 먹고 살면 되지

여름이 오면 식구들은 으레 평상에 옹기종기 둘러앉아 밥을 먹었다. 낮은 밥상엔 텃밭에서 기른 푸성귀가 올랐고, 감자나 옥수수는 군입정(군것질)용이었다. 한쪽에서 모깃불이 피어오르고, 말아 올라가는 매캐한 연기 끝자락에 은하수가 펼쳐져 있었다. 별 구경은 참으로 별난 눈요깃거리였다. 아는 별자리라고는 북두칠성과 북극성, 카시오페이아자리 정도가 다였지만 숨은 별 찾기는 늘 신나는 놀이였다.

밥을 먹을 때면 항상 궁금한 게 있었다. 어머니는 맹물에, 아버지는 설탕물에 밥을 말아 드셨던 것이다. 그냥 술술 들어가니 그렇게 먹는다는 말만 되풀이했다. 당시 별미였던

라면도 그랬다. 라면 3에 국수 7의 비율이었는데 당신들은 국수가 좋다면서 라면은 자식들에게만 줬다. 닭장에서 얻은 달걀도 자식 전유였음은 물론이다. 자식을 위한 음식 보양이었던 셈이다. 그때의 음식은 흑백 기억으로 체화돼 가끔 가슴속의 어둠을 끌어올린다. 그 맛은 가난이 낳은 결핍의 맛이었다. 아버지의 푸념처럼 말이다.

"사는 게 별거더냐. 밥 먹고 살면 되지……."

*

2017년 12월 24일은 나에겐 아름다운 크리스마스이브가 아니었다. 27년간의 기자 생활을 끝낸 날이다. 출근할 때까진 아무 일이 없었다. 평상시대로 신문사 데스크 자리에 앉아 하루 계획을 정리한 것까지 똑같았다. 밀려 있는 업무를 좀 더 효율적으로 끝내려고 구체적인 실행 계획까지 세웠다. 오전은 쏜살같았다. 주요 뉴스를 챙겼고 지면 구성도 마쳤다. 일찌감치 사설까지 써놓았다. 27년째 이어져온 평범한 일상이었고 특이한 징후는 없었다.

하지만 오후로 접어들자 사무실 공기가 바뀌었다. 시끌시끌한 소리가 들리는 쪽에서 이상한 기운이 느껴졌다. 문제의 진앙은 인사발령이었다. 누군가 귀띔해주었다. 이쪽 사람을 빼서 저쪽으로 보내고 저쪽 사람을 다른 쪽으로 보내는 과정에서 사달이 났다는 것이다. 나에 대한 직접적인 인사는 아니었지만 주변의 인사로 인해 잡음이 나는 구조였다. 이쪽 편을 무시해도 욕을 먹고 다른 편을 거들어도 욕을 먹는, 중간에 낀 위치가 돼버린 것이다. 이러지도 저러지도 못하는 딜레마에 빠지자 머릿속이 하얘졌다.

하지만 결심까지는 그리 오래 걸리지 않았다. 어느 쪽을 택해도 상황이 악화될 게 분명했다. 퇴사 쪽으로 마음이 기울었다. 그동안 퇴직의 명분을 찾고 있었고 언제라도 그만둘 심산이었다. 사소한 사건이 큰 결말로 이어졌다. 사직서를 책상 위에 놓고 백팩에 짐을 꾸렸다. 동료들과 인사를 나누고 회사를 나서기까지 채 5분이 걸리지 않았다. 4.7g짜리 종이 한 장으로 퇴직 절차를 마친 셈이다. 그렇게 긴 하루가 짧게 끝났다.

나는 전혀 준비가 돼 있지 않았다. 달리 구체적인 계획이 있었던 것도 아니었다. 냉혹한 사회 현실을 몰랐던 건 아니다. 그냥 막연했다. 갑자기 그만둬야 할 사유가 생겼고 사표를 던졌을 뿐이다. 회사 내에서는 정점에 서 있었지만 그만큼 많이 지쳐 있었다. 박수 칠 때 떠나자는 생각도 한몫했다. 무모한 용기였다. 그러나 그 순간이 아니면 오래도록

이 끈을 놓지 못할 것 같았다.

한편으론 경력 단절 같은 건 남 얘기일 뿐 나는 재취업에 쉽게 성공할 것이란 자신감이 은근히 작용했는지도 모른다. 하지만 그건 자신감이 아니라 오만이었다. 막상 바깥세상으로 나오자 할 수 있는 일은 거의 없었다. 나는 30년 가까이 기자로만 살아왔던 헛똑똑이였다. 기술도 자격증도 없었고, 언론사 이외의 이력도 없었다. 홀로 남겨진 늙은 새처럼 초라했고 박약했다. 그제야 정신이 번쩍 들었다.

'아, 뭐라도 하나 따놓을걸. 뭐라도 하나 준비해놓을걸.'

시간은 속절없이 흘렀다. 찾는 이도 없었고 찾아갈 사람도 없었다. 살갑게 굴던 지인들의 전화도 끊겼다. 뜸하게 연락이 와도 동정이나 연민처럼 느껴졌다. 자존감과 자괴감이 깊어지자 말수가 적어졌고, 차츰 사람이 싫어졌다.

퇴직을 하자 나의 직함은 곧바로 '백수'가 됐다. 거기에 은퇴한 베이비붐 세대라는 꼬리표까지 붙었다. 단절되지 않고 지속적으로 일하는 것이 최고의 재테크라는 말을 수백 번들어왔지만 정작 일이 끊어지자 우왕좌왕했다. 부모 세대의 가난을 닮지 않으려고 노력해왔지만 직장과의 끈이 끊어지자 가난이 성큼 다가왔다. 서글픈 계승이었다. 인생 2모작

운운했지만 1모작도 불완전한 상태에서 갑자기 끝이 난 것이다. 처음부터 다시 시작할 수밖에 없었다.

이는 나만의 상황은 아니었다. 눈앞에 은퇴를 앞뒀거나 이미 은퇴한 사람들은 자기 의지와 상관없이 다시 인큐베이터 신세가 돼버린다. 공무원이나 교사, 공기업 직원 등 정년이 보장된 직장이 아니라면 대다수는 제대로 된 준비 없이 밀려나올 수밖에 없다. 현직에 있을 때 왜 노후 준비를 안 했을까라는 자책은 덤이다. 자책도 모자라 주변 사람에게 그런 말을 들으면 적잖이 당혹스럽다. 미래를 위해 꼼꼼하게 준비한 사람도 있겠지만, 미처 준비하지 못한 이들이 더 많기 때문이다. 특히 준비할 겨를이 없었다거나 준비하고 싶었는데 엄두가 나지 않은 경우, 무엇을 어떻게 준비해야 할지 막막했던 경우가 그렇다.

수백만 년 동안 인간의 뇌는 장기적 이익보다 지금 당장의 유익함과 편리함을 선택하는 쪽으로 발달해왔다. 오늘 일도 모르는데 먼 미래를 어떻게 계획하겠느냐는 논리다. 하지만 100세 시대는 다르다. 평균 수명이 20년에 불과하고 날마다 맹수의 위협에서 도망치면서 수렵 채취하던 시대가 아니다.

우리나라 임금노동자들의 평균 퇴직 나이는 49.3세, 퇴직

시 평균 근속 기간은 12.8년이다. 그중 절반 가까이가 정년 이전에 비자발적으로 조기 퇴직한다. 정년퇴직 비율은 9.6%에 불과하다. 나의 경우도 50대에 파국을 맞았다. 100세 시대에 인생의 절반 지점에서 멈춰 선 것은 불행을 넘어 비극이었다. 제 몸 하나 돌볼 겨를도 없이 부모 부양하고, 자식 건사해온 세월 속에서 틈새를 찾기란 쉽지 않다. 대다수 직장인은 은퇴 후 삶을 걱정하면서도 준비는 차일피일 미룬다. 노후 대비는 늙기 전에, 은퇴 전에 해야 한다는 사실은 상식 중의 상식이다. 하지만 몰라서 안 하는 게 아니라 알고 있어도 못 한다. 바보가 되는 건 바보여서가 아니라 바보여야 편하기 때문이다.

나는 한때 어느 점쟁이의 말을 철석같이 믿었다.

"당신은 나이 60세 되기 전에 경제적 부를 완성하니까 노후에 여행이나 다니면서 떵까떵까 살 겁니다. 무슨 얘긴 줄 아시죠? 한마디로 팔자 핀다는 말입니다. 너무 애쓰지 말고, 힘쓰지도 말고 사셔도 돼요."

10년 넘게 그 말을 믿었다. 뇌는 듣고 싶어 하는 말들만 기억하기 때문이다. 그걸 알면서도 속았다. 뻔한 말인데도 듣는 사람은 끌리는 내용에만 집중하는 까닭에 나머지는 허투루 듣게 돼 있다. 점쟁이가 족집게인 까닭은 잘 속이기 때문이고, 잘 속아 넘어가는 손님이 있기 때문이다. 그래서 인지 나는 지인들에게 퇴직하면 아무것도 안 하고 푹 쉴 거란 얘기를 종종 했다. 하지만 뒤늦게 틀렸음을 알았다. 땅을 쳤다. 노후 준비는 재수떼기(화투로 재미 삼아 운수를 점치는 놀이)가 아니었다.

어느 경영 컨설턴트가 들려준 말이 옳았다. 일의 연속성, 계속 일할 수 있는 여건을 만들어야 경력 단절이 되지 않는다는 사실 말이다. 이제는 직종도 직급도 따지지 않을 만큼 절박해졌다. 심지어 처우도 크게 문제되지 않았다. 내 또래의 지인들 대다수는 현역으로 살면서 노후를 대비하고 있다. 몇몇 친구는 젊은 시절 자격증을 취득하거나 사업 쪽으로 전향해 그 분야 베테랑이 됐다. 앞으로 10~20년은 거뜬해 보인다. 하지만 일반 경력자 중에는 벌써 경력 단절의 징후가 보이기도 한다.

한 친구는 기자로 살다가 정년을 2년 앞두고 퇴직했다. 그런데 쉬는 것도 쉬운 일이 아님을 깨닫고 다시 언론계 쪽을 기웃거렸다. 아무래도 하던 일이 편할 것 같았고, 그 일 말고는 할 줄 아는 게 없었기 때문이다. 그러던 어느 날 제의가 왔다. 국회 출입 기자직이었다. 친구는 선뜻 수락했고 제2의 기자 생활을 시작했다. 하지만 다시 한번 불꽃을 피워보겠다는 열정은 몇 달 만에 식어버렸다. 무슨 연유에서 인지 지방 주재로 발령이 난 것이다. 경영진과 편집국 간부들 간 알력과 자리다툼이 있었다는 풍문이 돌았다.

또 다른 친구도 신문사에서 퇴직한 뒤 쉬고 있는데 다른 신문사에서 손을 내밀었다. 노는 것도 고통임을 깨닫게 되자 내민 손을 얼른 잡았다. 그런데 막상 경영진을 만나 처우에 관한 이야기를 나누는데 정나미 뚝 떨어지는 소릴 들었다. 그래도 명색이 국장이었는데 부장으로 강등될 처지였다. 주변에서 찬밥 더운밥 가릴 때냐고 해도 그는 쉽게 받아들이지 못했다. 언론계에도 선후배가 있고, 취재 현장에 나가면 다 아는 사이인데 계급장 낮춰 달고 그들과 마주하기란 쉽지 않았다. 그는 고심 끝에 조금 더 백수로 살자고 결심을 굳혔다. 경력 단절이었다.

60세에 저세상에서 날 데리러 오거든
아직은 젊어서 못 간다고 전해라.
70세에 저세상에서 날 데리러 오거든
할 일이 아직 남아 못 간다고 전해라.
80세에 저세상에서 날 데리러 오거든
아직은 쓸 만해서 못 간다고 전해라.

90세에 저세상에서 날 데리러 오거든

알아서 갈 테니 재촉 말라 전해라.

100세에 저세상에서 날 데리러 오거든

좋은 날 좋은 시에 간다고 전해라.

가수 이애란의 '100세 인생' 노랫말은 호모 헌드레드 homo hundred의 넋두리가 아니다. 100세 시대를 맞는 신인류의 절규다. 2023년 우리나라 100세 이상 인구는 약 8500명, 90~99세는 27만 명이다. 베이비붐 세대는 1000만 명을 향해 달려가고 있다. 이들은 준비된 자와 준비되지 않은 자, 준비가 덜 된 자로 나뉜다. 베이비부머들에게 시간은 낡은 게 아니다. 늙은 청년의 삶은 아직 끝나지 않았다. 무엇을 해도 되는 나이, 겁을 내지 않아도 되는 나이다. 정작 우리가 두려워할 건 아무것도 할 수 없다는 자조다. 시간은 간다. 그것도 빠르게 간다. 이 시간을 어떻게 사용할지 결정하는 것도 우리의 몫이다. 욕심낼 필요도 없다. 처음처럼 다시 시작해보는 거다.

"사는 게 별거더냐. 밥 먹고 살면 되지……."

베이비부머들에게 시간은 낡은 게 아니다.

늙은 청년의 삶은 아직 끝나지 않았다.

무엇을 해도 되는 나이, 겁을 내지 않아도 되는 나이다.

정작 우리가 두려워할 건 아무것도 할 수 없다는 자조다.

시간은 간다. 그것도 빠르게 간다.

이 시간을 어떻게 사용할지 결정하는 것도 우리의 몫이다.

욕심낼 필요도 없다.

처음처럼 다시 시작해보는 거다.

100세 시대의
마이너스 가계부

당신이 받으실 연금은 월 100만 원입니다. 앞으로 그 돈 갖고 멋지게 사십시오. 골프, 여행도 즐기고 식도락, 쇼핑도 마음대로 누리세요. 당신의 노후는 연금이 책임집니다. 앗, 부모님과 자식 부양, 부채 탕감은 못 할지도 모릅니다. 그것까진 책임 못 집니다. 이상 AI 연금 상담 챗봇이었습니다.

뭐라고? 100만 원으로 골프, 여행, 식도락, 쇼핑을 마음껏 즐기라고? AI 로봇이 제대로 약을 올린다. 연금이면 그럭저럭 살 줄 알았는데 계산서 받아보니 목돈이 아니라 (용돈까지는 아니어도) 푼돈 수준임을 깨닫게 된다. 연금을 받게 될 미래의 가상 시나리오다.

폭우가 내리던 날, 특강을 듣기 위해 만원 버스에 올랐다. 굵은 빗방울이 창문에 부딪치며 우두둑 소리를 냈다. 마치 버스를 짓이길 듯 요란했다. 오전 8시 40분께 거리는 차들로 뒤엉켰고 길가 배수로는 불어난 물을 이겨내지 못하고 넘쳐났다. 몸집을 불린 물이 도심을 일순간 혼란에 빠뜨렸다. 버스 광고판에 붙은 "국민이 주인인 연금, 내신 것보다 더 드립니다."라는 국민연금공단 캠페인 문구가 눈에 들어왔다. 광고에 눈이 팔린 사이 버스는 엉뚱한 방향으로 몸을 틀었다. 몇 정거장을 지나친 곳에서 내렸다. 폭우는 잦아들지 않았다. 특강 장소까지는 상당한 거리였다. 택시가 잡히지 않아 뛰었다. 우산이 뒤집어지고 온몸이 젖었다. 도로턱에 걸려 넘어지는 바람에 무르팍도 깨졌다.

'오늘 일진 사납군.'

물에 빠진 생쥐 꼴로 겨우 강의실에 들어섰다. 손수건으로 대강 닦고 자리에 앉았다. 국민연금공단 지역 본부가 베이비붐 세대를 위해 준비한 특강이었다. 말쑥하게 차려 입은 노후준비지원팀장이 마이크를 두드리며 "아 아 아."를 하고 있었다. 그는 노후엔 '재건여대' 네 가지를 잘해야 한다며 강의를 시작했다. '재'는 돈, '건'은 건강, '여'는 여가나 취미,

'대'는 대인관계를 뜻했다.

2023년 5월 기준 국민연금 수령 인구는 643만 명으로 총 지급액은 3조 1000억 원가량 된다. 고령 사회로의 진입 속도가 빨라지면서 만 60~65세 연금 수령 인원은 급증할 전 망이다. 낼 사람은 적어지는데 받을 사람만 줄을 섰다는 얘기다. 중산층 기준으로 노후를 위해 준비해야 하는 자금은 월평균 279만 원 정도다. 이는 100세 시대에 여명餘命(남아 있는 수명)까지 평균 9억 원 정도 있어야 먹고살 수 있다는 것이고, 의료비까지 포함하면 평균 12억 원 정도가 필요하다는 뜻이다. 이렇게 되면 국가에서 운영하는 국민연금, 생명보험사나 은행 등에서 판매하는 개인연금, 퇴직 시 일시금으로 받거나 연금형으로 받을 수 있는 퇴직연금 등 연금 삼총사로도 감당이 힘들다는 계산이 나온다.

강의는 희망보단 절망에 가까운 사람들의 목소리로 가득했다. 특히 국민연금 고갈 시점이 3년가량 빨라져 2055년이면 바닥을 드러낼 것이라는 전망에 대한 격론이 있었다. 2022년 수익률이 마이너스 8.22%로 최악을 기록했고 손실금은 무려 80조 원이었다. 이대로면 2055년이 됐을 때 약 33%의 노인이 국민연금을 못 받는다. 인구수로 보면 800만 명이다. 걷은 돈보다 줄 돈이 많아진다.

문제는 100세 시대 장수 리스크다. 평균 수명으로 볼 때 건강만 유지한다면 90세까지도 살고, 현재 30대의 경우엔 본격적으로 100세 시대를 맞아 2050년이면 우리나라 65세 이상 고령 인구도 40%를 넘는다.

강사는 연금은 고갈되는 게 아니라 소진되는 것이라고 했다. 기금이 줄어드는 건 맞지만 다른 자금으로 메울 수 있고, 국가 재정에서 돈을 끌어와 지급할 수 있다는 것이다. 강사의 설명은 더 이어졌다. 기금을 저금쯤으로 생각하는 인식은 합리적이지 못하다, 애초에 국민연금 제도는 일정 기간후 기금이 소진된다는 걸 전제하고 만들어졌다, 연금은 현재 국내 기업들에게 수백조 원가량 투자돼 있다, 그러니 곳곳에 투자된 기금을 회수하면 된다…….

최근에는 국민연금 운용 방식을 현재의 적립식에서 부과식으로 바꾸는 방안이 제기되고 있다. 적립식은 일하는 동안 국민연금을 차곡차곡 쌓아 은퇴 이후에 되받는 것이고, 부과식은 그때그때 필요한 연금을 당대의 젊은이들에게 걷어서 지급하는 방식이다. 이 경우 연금 고갈의 책임과 부담을 미래 세대에게 전가하는 모양새가 된다. 대다수 청년들은 국민연금을 기울어진 운동장으로 인식하고 있다. 현재는 덜 내고 더 받는 구조인데, 뒤로 갈수록 더 내고 덜 받는 현상이 심화할 거란 우려에서다.

　노인 인구 증가에다 초기 베이비부머(1955~1963년생)가 국민연금 수급자로 대거 편입하면서 지급액은 무려 7조 원 넘게 된다. 더구나 베이비붐 세대의 고령화 영향으로 향후 10년 동안 해마다 70~80만 명의 노인 인구가 쏟아진다. 이런 상황에서 기초연금이나 국민연금과 같은 공적연금만으로 노후를 돌볼 수 있을지 걱정이 앞선다. 무슨 일이 일어날지 모를 미래는 말 그대로 미증유였다.

*

　터덜터덜 집으로 돌아와 국민연금공단 홈페이지에서 내 연금 알아보기 파트를 뒤졌다. 내가 지금까지 낸 국민연금은 301개월(약 26년) 동안 5299만 930원. 가입 기간 소득 평균액은 334만 238원. 현재 가치로 본 예상 연금액(2034년)은 세후 월 104만 6760원이고, 미래 가치로 본 예상 연금액은 최저 149만 원, 최고 179만 원쯤 된다. 아내는 14년 정도 적립했으니 30~40만 원을 받을 수 있다. 둘이 합하면 월 평균 150만 원에 불과했다.

　2022년 11월 생활비 지출 내역이 적힌 가계부도 들췄다. 식비 79만 8000원, 문화생활비(영화·도서) 등 10만 원, 의료비 8만 7900원, 통신비 20만 원, 의류·미용 16만 8000원, 차량 유지 및 교통비 25만 원, 보험(보장성보험·건강보험·실비보험) 50만 원, 주거비(가스·전기·관리비) 43만 3000원, 사회생활비(부모님 용돈·의료비, 경조사) 30만 원, 주택담보대출(원금·이자) 140만 원, 각종 세금 30만 원……

대략 453만 원. 숨만 쉬어도 기본적으로 빠지는 액수다. 이 정도면 대략 난감을 뛰어넘었다. 연금을 받아도 한 달에 300여만 원이 부족했다. 뺄 것 빼고, 허리띠 조일 것 조이더라도 턱없이 모자랐다. 아예 식음 전폐해야 하나? 부모님 용돈을 끊어야 하나? 대출비용, 주거비를 안 낼 것인가? 그렇다고 휴대폰 끊고, 자동차를 팔 수도 없는 노릇이었다.

결국 늙어서도 벌지 않으면 파산, 파탄, 황혼 이혼에 이를 수도 있다는 결론이었다. 머릿속이 복잡해졌다. 연금을 받아봤자 목돈이 아닌 그야말로 용돈 수준이었다. 누구 탓을 하는 게 아니라, 노후에 연금을 받으면 어느 정도 연명 수준은 되리라고 예상했던 어리석음을 깨달은 것이다.

막노동이 끝난 후 나와 아내의 의료보험은 아들에게로 옮겨진 상태였다. 어느 날 갑자기 아들에게 삶의 짐을 떠넘긴 피부양자가 됐다. 아직도 부양할 것들이 많은데 부양받아야 하는 처지라니 가슴이 내려앉았다. 더욱이 내 통장 잔액은 쩍쩍 갈라진 논바닥처럼 바닥을 드러낸 지 오래였다. 자식들 키우고, 생활비로 쓰고, 빚잔치 하다 보니 30년 직장 생활 동안 플러스 잔고를 보지 못했다. 마이너스 통장까지 굴리며 아등바등 사느라 저축은 엄두도 못 냈다. 카드로 돌려 막고, 대출로 당겨쓰고, 담보로 끌어 쓴 것투성이다. 이는 빚내서 빚 갚는 구조였다. 연금이나 받으면서 팔자 좋게 살려는 꿈이 와장창 깨지는 소리가 들렸다.

아침에 만났던 폭우가 점점 거세지고 있었다. 언제 어떤 사고가 일어날지 한치 앞을 예상할 수 없는 불안감이 엄습했다. 그건 은퇴한 베이비부머의 현실과도 닮아 있었다.

생의 발걸음에 깃든
내재율을 따라서

　스물여섯 살쯤으로 기억된다. 당시 나는 7개월여 동안 마당 밖을 나가지 않았다. 그저 방구들에 눌러앉아 글만 썼다. 충무로에 있는 시나리오작가협회 영상작가교육원에 다니며 영화판을 곁눈질하고 있었다. 찬바람이 뼛속 깊이 파고들어도 참고 또 참았다. 그나마 뜨끈한 라면이 있으면 다행이었다. 가끔 김치 한 조각 놓고 마시는 소주 한잔이 큰 위로였다. 잔 위로 슬픔이 내려앉으면 부딪힐 곳 없는 소주잔이 더없이 처량하게 느껴졌다. 원고지 채우는 양보다 눈물의 양이 많아졌다.

　시나리오 공부는 그리 오래가지 않았다. 당장 밥이 되지 않았고 밥이 될 가능성이 적어 보였다. 2011년 시나리오 작가 최고은 씨는 이웃집 문에 "남는 밥이랑 김치가 있으면 저희 집 문 좀 두드려주세요."라는 내용의 쪽지를 남기고 셋방에서 숨졌다. 영화 〈겨울 나그네〉를 연출했던 곽지균 감독도 일이 없어 괴롭고 힘들다는 유서를 남기고 목숨을 끊었다. 가난한 예술가들이 너무도 가난한 모습으로 하늘로 갔다. 이들을 죽음으로 몰고 간 것은 허기가 아니라 수치였을 것이다.

마술사는 텅 빈 모자에서 토끼를 꺼내는 게 아니다. 토끼는 모자 안 혹은 아주 가까이에 있다. 나에겐 가난이라는 토끼를 감출 재간이 없었다. 삶의 피폐함이 겉으로 드러나기 시작했고 절박했다. 결국 내가 원하는 일을 접어두기로 했다. 그리고 '밥'에 매달리기로 마음먹었다. 원치 않는 직업이라도 당장 밥벌이가 필요하다는 생각이었다. 이때부터 이력서를 폭탄 투하하듯 뿌렸다. 건설업 등 전혀 접해보지 않은 곳까지 찔러봤다. 우표 값이 아깝다는 사실을 알게 되기까진 그리 오래 걸리지 않았다. 면접을 보러 오라는 회신은 한 통도 없었다. 어리석었다. 그때부터 한동안 오갈 데 없는 '깍두기'로 살았다.

아파도 참는 나날이 이어졌다. 병원 갈 돈이 없어 약국 진통제로 때우는 기분은 참혹했다. 당장 필요한 것은 취업이었다. 도전이 아니라 살기 위한 응전이었다. 꺼드럭거리는 호기를 버리고 대학 전공을 살려 기자가 되기로 한 것이다. 신문사의 국어, 영어, 논술, 상식 시험은 상당히 까다로워 언론고시라고도 했다. 번갯불에 콩 볶듯 벼락공부가 시작됐다. 그리고 가까스로 합격했다. 기자 생활은 그렇게 시작됐다.

하지만 4년 뒤 IMF 외환위기가 터졌다. 태풍의 눈은 집안을 거덜낼 정도로 위압적이었다. 다니던 신문사의 경영난도 심각했다. 많지 않던 월급마저 쪼그라들었다. 6개월 전부터 조짐이 있었다. 월급은 70%, 50%, 30%로 깎였다. 나중엔 주니 못 주니 실랑이가 벌어졌고, 일순간 바람에 흩어지듯 뿔뿔이 흩어졌다. 각자도생의 길이었다. 서로가 말리지도 않았다. 사람들은 창백해진 얼굴로 무언가에 홀린 듯 이별했다.

월급이 끊기자 두 살배기 첫아이의 분유 값마저 카드사 현금 서비스로 긁었다. 아내와 아이를 지방에 남겨두고 혼자 서울 쪽 신문사로 급히 자리를 옮겼다. 마포에 있는 한 여인숙에 달방(한 달 단위로 숙박료를 내는 방)을 잡고 낯선 타향의 시간을 맞이했다. 여인숙은 싼 만큼 낡고 비좁았다. 더더욱 가관인 것은 방 모양이 네모가 아니라 삼각형이라는 점이었다. 세상에 세모난 방이 있다는 걸 처음 알았다. 잠을 잘 때 어느 꼭짓점에 머리를 둘지 헷갈렸다. 비릿한 울음이 소리 없이 새어 나왔다.

촌놈의 서울 생활은 한마디로 악전고투였다. 악바리가 되어 하루하루 버텨나갔다. 두 배나 훌쩍 뛴 월급 받는 재미에 그나마 견딜 수 있었다. 다행히 홀아비 생활은 3개월 만에 막을 내렸다. 목동 변두리에 쓰러져가는 연립주택 한 칸을 얻었기 때문이다. 서울 셋방은 재건축이 임박한 고물집이었다. 폭우라도 쏟아지면 천장에서 물이 새는 통에 방 한가운데 대야를 놓아야 했다. 조금이라도 위치가 어긋나면 방 안은 온통 물 천지가 되고 말았다. 겨울엔 외풍이 어찌나 심한지 비닐을 구해서 창문에 덧대야 했다. 그러다 보니 집 안은 온통 곰팡이로 얼룩졌고 심한 곳은 칫솔로 문질러 제거하는 게 범사였다. 아이들 건강도 문제였다. 볕도 안 들고 환기도 안 되다 보니 때로 감기라도 걸리면 괜한 죄책감이 들어 잠을 이룰 수 없었다.

그래도 비참한 나날만 있었던 건 아니다. 가족이 함께 둘러앉아 지짐이를 부치고 아내와 막걸리 한 사발을 나누는 정겨움이 있었으니 말이다. 고추, 오이, 토마토 등 채소들을 옥상 텃밭에 키워 이웃과 삼겹살 파티를 하는 것도 큰 별사였다. 힘겨운 나날이었지만 그때 마음속으로 그려보던 나의 중년은 아름다웠다. 월급만 착실히 모아도 금세 목돈을 만들 수 있고, 내 집 마련과 편안한 노후 생활을 위한 자금도 충분하리라 여겼다. 하지만 푸르른 꿈은 잠시 왔다가 사라지는 신기루 같았다.

그로부터 8년 후 나는 서울에서 다시 지역 신문사로 이직했다. 그러나 그것은 금의환향이라기보다는 서울 생활에 실패한 뒤의 초라한 낙향에 가까웠다. 월급은 거의 반토막이 났다. 또다시 고난의 길이 시작됐다. 큰 용기가 필요했다. 다만 한 가지 단서 조항을 붙였다. 조금은 가난해도 먼 미래의 꿈을 위해 지금을 내려놓자는 것이었다. 그때부터 노년의 내 모습을 미리 그려보는 버릇이 생겼다. 그럴싸한 꿈이었다. 자연스럽게 버킷리스트가 생겼다.

① 텃밭이 넓은 전원주택 짓기, ② 책 쓰기, ③ 세계 여행 가기, ④ 영화 시나리오에 다시 도전하기, ⑤ 걸어서 전국 여행하기, ⑥ 좋아하는 친구와 일주일에 한 번씩 소주 마시기, ⑦ 두 아들에게 통장 선물하기, ⑧ 아내와 아프지 말고

해로하기, ⑨ 한 달에 영화 두 편 보기, ⑩ 가족·지인에게 아낌없이 베풀기 등이다.

이조차도 너무 큰 꿈이었을까. 중간 결산을 해보니 너무 많은 리스트가 이뤄지지 않았고, 이뤄질 가능성이 적어 보인다. 요즘엔 소소한 행복마저도 꿈꾸기 힘들다. 그저 모든 게 사치로 느껴진다. 중장년이 되어서 청년 시절에 꾸었던 꿈을 돌이켜보는 것은 닿을 수 없는 높이에 떠 있는 솜사탕을 올려다보는 것 같다. 아직 시간이 남았다고 자위해도 괴리감의 진폭은 크고 넓다.

그래도 포기하지는 않을 작정이다. 시련을 이겨내고 나면 분명 희망이 올 거라고 믿기 때문이다. 직장인으로 30년을 버티며 잘 살아왔으니 다음 30년도 다시 성실하게 잘 살아내면 된다. 어떤 삶이든 괜찮다. 지금까지 그래왔던 것처럼 다시 새로운 꿈을 꾸면 된다. 어떤 길을 걸어왔는가가 아니라 어떤 길로 갈 것인가를 고민하는 게 우리의 발걸음이 품고 있는 내재율이다. 특별하지 않아도 괜찮다. 조금은 아파도 괜찮다. 아직 나에겐 파릇파릇한 꿈이 남아 있으니까.

50대 주방 보조의
골병 일지

5060은 참으로 당혹스러운 나이다. 그들 대다수는 가장으로서 한창 일할 나이에 사회에서 퇴역을 준비한다. 아무리 장수 사회라 할지라도 나이 예순으로 가는 길목은 덜컹거린다. 그저 가만히 있기도, 뭔가를 해보기도 애매한 시간 속에서 절뚝거린다. 가장 써먹기 좋은 때지만, 가장 버려지기 좋은 때이기도 하다. 세월을 부여잡고 울어본들 소용없다. 아내와 자식들이 눈에 밟히고, 연로한 부모의 주름까지 챙겨야 하니 앉아 있을 수만은 없다. 도망갈 수도, 도망가서도 안 되는 인생살이는 그래서 고달프다.

나의 DNA엔 좀 별난 구석이 있다. 다른 집안일보다 유난히 설거지하는 걸 좋아한다는 것이다. 대학 자취 시절에도, 결혼한 뒤에도 다른 일을 할 때보다 설거지를 할 때 가장 마음이 편했다. 이유를 곰곰이 생각해보니 뭔가를 치우거나 닦는 일을 좋아하는 것 같다. 더러움을 깨끗함으로 치환하는 행위는 마치 수양처럼 느껴진다.

퇴직 이후 막노동을 하기 전에 가장 먼저 도전한 일은 한식 조리사 자격증이었다. 자격증을 따서 재취업을 하거나 돈을 모아 라면집을 차리고 싶어서였다. 요리 학원에 등록해 31가지 요리를 15회에 걸쳐 속성으로 배웠다. 하루에 거의 2개꼴이었다. 재료 썰기, 콩나물밥, 비빔밥, 장국죽, 완자탕, 두부젓국찌개, 생선찌개, 홍합초, 생선전, 육원전, 표고전, 풋고추전, 화양적, 섭산적, 너비아니구이, 제육구이, 북어구이, 더덕구이, 무생채, 도라지생채, 더덕생채, 겨자채, 잡채, 탕평채, 칠절판, 미나리강회 등을 마스터해야 하는데 칼만 잡으면 손이 덜덜 떨렸다.

제일 중요한 것은 칼 다루기였다. 모든 요리의 기본은 칼로 자르고 다듬는 것이다. 요리마다 요구되는 재료의 크기가 달랐다. 얇게 썰고, 얇게 저미고, 얇게 포를 떠야 하는 일은 쉽지 않았다. 메뉴 전반에 사용하는 계란 지단을 만들 땐 굵은 손마디가 야속했다. 펜 대신 칼을 잡았지만 한식조리사의 꿈은 그리 오래가지 않았다. 필기는 가볍게 통과했지만 실기는 2회 연속 1~2점 차이로 낙방했다. 설거지는 설거지일 뿐, 설거지를 좋아한다고 요리까지 잘하란 법은 없는 듯했다.

조리사의 꿈을 뒤로한 채 도망치다시피 취업한 곳이 대기업 직원 식당이었다. 이곳은 여인 천하였다. 조리사와 식재료 전처리하는 사람을 포함해 남자가 셋뿐이었다. 10명 남짓한 여성들은 모두 60대 이상이었고 몸 성한 사람이 없었다. 직원 식당도 3D 직업이라 60대 이하는 버텨내지 못했다. 간혹 30대 여성이 입사하긴 했지만 사흘을 넘기지 못했다. 출근 첫날 팀장은 내 모습을 위아래로 훑어보고는 작게 끌탕을 했다.

"하실 수 있으시겠어요? 일단 일주일만 해보셔요. 그때 가서 정식으로 계약하시죠."

못 믿겠다는 투였다. 오기가 생겼다. 내가 부여받은 직함은 주임이었고 실제로 할 일은 주방 보조였다. 낯선 명찰이 가슴팍에서 저 혼자 씩 웃고 있었다.

"앞치마랑 장화 받으세요. 조리사복은 지급은 하는데 별로 입을 일이 없을 겁니다. 고무장갑은 세 종류에요. 위생용, 전처리용, 설거지용입니다. 목장갑은 고무장갑 안쪽에

끼세요. 설거지할 물이 엄청 뜨겁거든요."

그의 말은 사실이었다. 펄펄 끓고 있는 대형 솥단지에 손을 넣었다가 통째로 익어버리는 줄 알았다. 마치 철사장을 하는 것 같았다. 아무리 중무장해도 고무장갑은 사흘을 견디지 못했다. 일부가 녹아서 구멍이 뚫렸다.

나는 하루 2000~3000인분의 그릇을 닦았다. 작은 그릇과 접시, 밥공기는 대형 식기세척기로 돌리고 덩치가 큰 주물냄비, 대용량 스테인리스 바트, 밥통 등은 일일이 세제를 묻혀 설거지했다. 세제도 실명 경고 딱지가 붙어 있는 독한 것들이었다.

6~8월 한여름의 햇살은 용광로처럼 붉은 혀를 내밀고 무엇이든 녹여버릴 듯한 기세였다. 솜뭉치라도 있으면 금세 불이 붙을 것만 같았다. 땀은 평소의 배출 속도를 감당하지 못하고 순간적으로 확 쏟아졌다. 이런 날씨에 세척 증기까지 뿜어져 나오는 주방은 한증막이 따로 없을 지경이었다. 숨이 턱턱 막혀 몇 번쯤 졸도 직전까지 갔다. 물 한 모금 마시고 다시 컨베이어벨트 앞에 서면 기계는 내가 따라갈 수 있는 속도를 넘어서 세차게 독한 세제를 뿌려댔다. 손가락이 경련을 일으켰지만 쉴 수는 없었다. 앞쪽에서는 그릇을 넣고 뒤쪽에서는 세척·건조된 식기를 정리하는 식이었다.

한마디로 인간 설거지 기계였다.

얼마 안 가 몸은 몸대로 망가지고 정신은 황폐화됐다. 손톱 3개와 발톱 2개가 2개월 사이에 빠졌다. 스테인리스 용기나 그릇 모서리가 손톱 사이로 들어가 생살을 뒤집어놓은 것이다. 처음에는 일이 서툴러서 그런가 보다 했다. 하루는 선임 아주머니께 손톱, 발톱 상태를 보여줬다. 아주머니는 배시시 웃으며 한 번씩은 다 거쳤던 부상이라고 설명했다. 그러면서 이제 곧 손가락 관절이 아파올 것이고, 그다음엔 팔뚝, 어깨로 전이될 것이라고 했다. 아주머니의 말은 웃자고 한 얘기가 아니었다. 심지어 순서까지 그대로 아파오기 시작했다. 통증이 손가락, 팔뚝, 어깨로 옮겨 갔다. 여기에 남자라고 무거운 음식 재료까지 도맡아 나르다 보니 허리까지 아팠다.

그렇게 하루 11시간을 일하면 몸에서 쉰내가 났다. 하지만 환복할 여건은 되지 않았다. 여벌의 옷도 없었고, 준비해오는 사람도 없었다. 젖으면 젖는 대로 버텼다. 퇴근도 문제였다. 고약한 냄새를 품고 버스를 탈라 치면 승객들 눈치 보느라 식은땀이 줄줄 흘렀다. 인상을 찌푸리며 피하는 사람은 없었지만 미안함과 창피함이 번갈아 들었다. 하루 11시간 일한 대가는 월 240만 원에 못 미쳤다. 설거지를 진짜 좋아하는 줄 알았는데 착각이었다. 설거지가 밥벌이가 되자 괴로움으로 변했다. 어쩌면 설거지에 이미 이골이 난 상태였기에 더 힘들었는지도 모른다. 3개월을 거의 다 채웠을 때 나는 퇴행성관절염, 손목터널증후군 등 5개의 지병을 주렁주렁 매달고 그 주방을 떠났다. 그다음으로 얻은 일자리가 바로 막노동이었다. 암흑기 시즌 2였다.

펜(기자)이냐, 칼(주방)이냐, 삽(막노동)이냐. 어느 직업이 가장 힘들까를 생각해봤다. 셋 다 쉬운 일은 아니었지만, 굳이 따지라면 개인적으론 칼인 듯하다. 펜은 육체가 편하고 삽은 정신이 편하다. 그런데 칼은 둘 다 힘들었다. 때문에 막노동이 힘에 부칠 때면 주방 보조로 일하던 때를 떠올렸다.

'이 일은 아무것도 아녀!'

*

반퇴자(이른 퇴직 후 다시 경제 활동에 뛰어드는 사람)로 산다는 건 반은 도전이고, 반은 퇴물이 된 것 같은 느낌이다. 아침까지 멀쩡했는데 학교에 도착하자마자 배가 아파 조퇴하는 아이처럼 이유 모를 앓이를 했다. 일자리는 없고 경쟁자는 모래알만큼이나 많다. 은퇴를 앞둔 사람이나 이미 은퇴한 사람 중 상당수는 무엇을 해야 할지 모르겠다고 하소연

한다. 종잣돈이라도 있으면 자영업, 돈이 없으면 생계유지를 위해 재취업에 나서지만 애매한 나이를 품어줄 자리는 그다지 많지 않다. 그러기에 구체적인 목적을 갖고 내가 할 수 있는 일을 먼저 찾아보는 것이 필요하다. 미리미리 제2·제3의 직업을 준비해야 한다. 불시에 들이닥치는 늙은 시간은 하소연을 들어주지 않는다. 유예의 기회도 없다. 시간이 부족했다고 핑계를 댈 수도 없다. 시간이 부족했던 게 아니고 시간을 잘못 사용했던 거다. 시간에도 유통기한이 있고 각각의 시기마다 사용 설명서가 있다. 늦었다고 생각할 땐 진짜 늦은 것이다. 중장년들이 아픈 다리를 질질 끌면서도 오늘을 사는 이유는 자신에게 남은 시간의 유통기한을 누구보다도 절실히 알고 있기 때문이다.

은퇴한 중장년들에게 주어진 여가 시간은 수면·식사 시간 등을 빼고 하루 평균 11시간이 넘는다. 즉 그들이 앞으로 20년간 더 경제 활동을 할 수 있다고 가정한다면 8만 시간이 남아 있는 셈이다. 이는 그들이 직장 생활을 했던 시간의 총량과 거의 비슷하다. 나 역시 은퇴 이후 8만 시간을 어떻게 보낼 것인지 고민이 시작됐다. 또 다른 도전이 필요하다. 막노동판에 뛰어들었을 때처럼 불가능할 것 같은 일이라도 일단 부딪쳐보기로 했다.

어느 늙은 경비원의
허탈한 웃음

막노동이 끝나자 언제 끝날지 모르는 깊은 휴지기가 또다시 시작됐다. 새로운 일이 생기면 기별하겠다고 호언장담하던 팀장도 감감무소식이었다. 대기업 건설현장이 아닌 일반 현장에서 막일을 시작할까도 생각했지만 용기가 나질 않았다. 그래서 자격증을 따기로 마음먹었다. 은퇴 이후 인기가 많은 경비원 자격증이었다.

지방대 평생교육원에서 3일간 민간경비교육을 받고 시험에 합격하면 이수증을 받는다. 집 앞에서 마주치면 눈인사 정도만 주고받던 경비 아저씨의 일을 내가 하게 될 수도 있다는 생각을 하니 묘한 기분이 들었다. 36년 만에 캠퍼스 강의실에서 듣는 수업은 색다른 설렘을 줬다. 수강생들의 연령대는 다양했다. 특히 어르신들의 전유물로 여겨지던 경비 일에 20대 젊은이들도 섞여 있어 놀랐다. 수업은 수·목·금요일 오전 9시부터 오후 6시까지 이뤄졌는데 점심시간 1시간, 휴식시간 10분씩을 제외하면 꽉꽉 채워 진행됐다. 은퇴한 사람들을 대상으로 느슨하게 진행될 거라 생각했는데 오산이었다. 강사들은 퇴직 경찰이거나 청와대 경호원 출신도 있었다. 몸으로 직접 실전을 겪어온 사람들이라 예시를 들 땐 박진감이 넘쳤다. 이들은 지역의 아파트 단지를 돌며 경비원들의 애환과 고충을 들어주는 상담사 역할도 하고 있었다.

경비원이란 직업은 주민의 갑질 횡포나 열악한 근무 환경 같은 현실 때문에 남자들의 마지막 직업이라는 인식이 널리 퍼져 있는 듯하다. 게다가 강사의 이야기를 들으면 들을수록 경비원이 결코 쉬운 일이 아님을 절감했다.

교육 내용은 상당히 포괄적이었다. 직업윤리·서비스, 경비업법, 호송경비, 신변보호, 시설경비, 범죄예방, 장비사용법, 사고예방대책, 체포호신술 등이었는데 특히 법과 관련된 내용이 어려웠다. 경비원이 그런 것까지 알아야 하나 싶은 의문이 들기도 했다. 수강생들은 연신 하품을 하며 못 알아듣겠다는 표정을 지었다. 강사는 경비원이란 직업이 초소 지키고, 청소나 하면 되는 거라고 생각하면 오산이라고 했다. 경비원 자격증을 따면 흔히들 아파트 경비만 생각하는데 시설경비, 현장경비 일도 많았다. 특히 강사는 아파트보다 시설경비 쪽이 일하는 데 수월하다고 귀띔해주기도 했다. 아파트는 입주민 민원이 많아 오래 버티기 힘들다는 얘기로 들렸다. 보통 6~12개월 내에 이직한다는 통계도 덧붙였다.

수업 마지막 날엔 체포·호신술까지 배웠다. 그리고 필기시험을 치른 후 합격증을 받았다. 문제는 취업이었다. 고령층이 가장 접근하기 쉬운 아파트 경비원은 입주자대표회의가 위탁회사나 용역회사를 통해 간접 고용한다. 그런데 이 구조는 단기계약근로(일명 쪼개기 계약)와 용역업체 변경 시 해고 등과 같은 고용 불안을 야기한다. 그러다 보니 취업을 한다 해도 1개월에서 3개월짜리가 많다. 통계를 보면 1년 이하가 95%를 넘는다.

나는 아침마다 고용센터(고용복지플러스센터)나 중장년내일센터를 방문해 경비원 자리가 있는지 알아봤다. 용역회사에도 이름을 등록했다. 그러나 보름이 지나고 한 달이 지나도 연락 오는 곳은 없었다. 자리가 많을 것이고 쉽게 취직이 될 거란 생각은 착각이었다. 음료수를 사들고 평소 알고 지내던 집 근처 아파트 경비원 강 씨를 만나러 갔다. 나보다 몇 살 많은 그는 항상 부지런히 일하는 모습이 인상 깊었던 사람이었다. 그와 대화를 나누다 보니 수업 때 들었던 내용보다 더 생생하고 현실적인 이야기를 들을 수 있었다.

특히 입주민들의 갑질은 상상을 초월했다. 형광등 고쳐 주는 것은 예사였고 어떨 땐 장롱 옮기는 데도 불려가 한바탕 힘을 뺐다. 무엇보다도 재활용 쓰레기 정리가 고역 중의 고역이라고 했다. 원리 원칙대로 버리는 입주민은 극소수에 불과하고 모두가 뒤죽박죽 버려서 애를 먹는다는 것이다. 어떤 입주자는 음식물 쓰레기까지 재활용 톤백마대(가로세로 1m가량의 대형 마대)에 버린다며 울상을 지었다. 강씨는 생생한 체험담을 들려준 뒤 이야기 말미에 다른 일을 찾아보는 게 어떻겠느냐고 조심스럽게 권유했다.

다음 내용은 결국 경비원으로 취업하지 못한 내가 동네 경비원에게 하소연을 하러 갔다가 듣게 된 경비 노동의 현실이다. 경비 노동자의 일을 이렇게나마 전하는 것으로 나의 이야기를 대신한다.

사무직으로 정년퇴임한 강 씨는 경비원 업무가 미숙했다. 때문에 옆 초소 박 씨에게 의존하는 일이 많았다. 사소한 것도 물어보고 상의했다. 하지만 일을 하면 할수록 자신감은 뚝뚝 떨어졌다. 경비 업무가 생각보다 쉽지 않았기 때문이다. 하루는 관리사무소장이 마치 큰일이라도 터진 것 마냥 강 씨를 불러 세웠다.

"오늘은 박 씨하고 낙엽들을 깡그리 청소하세요. 아파트 길바닥에 널려 있는 낙엽 때문에 민원이 빗발칩니다. 그래서 제가 며칠 전부터 미리미리 좀 하라고 일렀잖아요. 꼭 일이 터져야 합니까, 원······."

강 씨는 '그럼, 저희들은 놀았습니까?'라는 말이 목구멍까지 나오려는 걸 간신히 참았다. 대신 딸꾹질이 나왔다.

강 씨와 박 씨는 빗자루와 마대, 쓰레받기를 챙겼다. 이 아파트는 낙엽의 천국이었다. 플라타너스의 한 종류인 버즘나무는 잎이 아주 넓고 무성했다. 잎과 잎자루에 난 빽빽한 흰색 털이 미세먼지와 오염물질을 흡수하고 도시의 열섬 현상을 누그러뜨리는 효과가 있다고 해서 한때 아파트마다 경쟁적으로 심었던 나무다. 그러나 뿌리가 깊이 내리지 않는 천근성 수종이면서 순식간에 거목으로 자라는 특성 때문에 태풍이 오면 쉽게 쓰러져 주차된 차량을 덮치는 사고가 빈번했다. 또한 지린내, 침 냄새와 비슷한 특유의 냄새 때문에 2000년대 이후로는 심지 않는 수종이다.

이 악명 높은 나무는 경비원들에게도 달갑지 않았다. 여름에 넓은 그늘을 제공하는 것 외에는 별 도움이 안 됐다. 더구나 낙엽 청소 시즌이 되면 치워도 표가 안 나는 천덕꾸러기였다. 입주민들이 우수수 떨어지는 낙엽 소리를 낭만 가득한 눈으로 쳐다볼 때면 강 씨의 가슴 속에서도 한숨이 우수수 떨어졌다.

오전부터 시작한 빗질은 오후 늦게까지 이어졌다. 박 씨는 연신 욕을 뱉으며 낙엽을 쓸었다. 소슬한 바람이 한 차례 불자 노란 이파리들이 또다시 한꺼번에 떨어졌다. 한쪽에 모아놓은 낙엽도 사방으로 흩어졌다. 박 씨의 얼굴이 벌레 먹은 잎사귀처럼 일그러졌다.

"저, 쌍놈의 잎새끼. 다 떨어져라, 떨어져. 징글맞은 놈들."

강 씨는 '잎사귀'를 잘못 들었나 싶었지만 욕이 분명했다. 소싯적 연애 할 때는 참으로 낭만적인 잎사귀였는데 이제는 제발 빨리 떨어지기만을 바라고 있다니 씁쓸했다.

경비는 세 가지를 잘해야 한다. 성실하고, 부지런하고, 건강해야 한다. 이 조건이 갖춰지지 않으면 경비 일이 쉽지 않다. 3개월을 못 버티고 그만두는 사람이 수두룩하다. 여기에 자존심 상하는 일이 많고 자괴감이 무시로 들어 이직이 많은 편이다.

박 씨는 경비 일만 9년째 해오고 있었다. 그는 경비에 관한 한 만물박사, 척척박사였다.

"경비는 몸으로 하는 일입니다. 친절과 서비스 정신으로 무장해야 해요. 입주민을 위해 무한 봉사하는 마음으로 최선을 다해야 해요. 물론 한없이 착할 필요는 없습니다. 무한정 참을 필요도 없어요. 경비원 하면 별의별 잡무들을 모두 하는 걸로 알고 있는데 꼭 그렇지만은 않습니다."

박 씨가 말하는 경비업법에 따르면 경비원의 주요 임무는 화재예방, 도난방지다. 부수적 업무로는 휴지 줍기, 재활용 쓰레기 분리배출, 안내문 게시 및 우편 수취함 투입, 위험·도난 발생 방지 목적의 주차관리, (모든 택배가 아닌) 중요 택배 물품 보관 업무만 가능하다.

한번은 청소를 끝내고 초소로 돌아왔는데 전화벨이 울렸다. 수화기 너머에서 다급한 소리가 들렸다.

"저기, 아저씨! 여기 114동 ○○○호인데요. 제가 지금 위험……."

"예? 위험하다고요?"

"114동 ○○○호……."

전화가 도중에 끊겼다. 수화기를 내려놓긴 했는데 정신이 없었다.

'어떻게 해야 하나……'

경비원 교육을 받을 때 강사는 위험 신호를 보낸 집으로 직접 가서는 안 된다고 했다. 먼저 112에 신고한 뒤 경찰이 오기 전까지 예의주시하라고 했다. 박 씨는 원칙대로 신고부터 끝냈다. 먼저 신고한 뒤 접이식 호신봉과 호루라기를 챙겨 밖으로 나왔다. 경비업법에 따르면 가스 분사기, 안전방패 등이 지급돼야 하지만 실제 소지하는 경우는 드물다. 114동 쪽으로 급하게 뛰어가 ○○○호를 올려다봤다. 불빛이 환한데 집 안 사정은 전혀 예측할 수 없었다.

발을 동동 구르고 있는데 경찰차가 도착했다.

박 씨의 안내를 받아 경찰관 2명이 급하게 엘리베이터로 이동했다. 박 씨도 경찰 뒤꽁무니에 붙었다. 현관 앞에 도착해 초인종을 눌렀다. 잠시 정적이 흐르더니 문이 열렸다. 러닝셔츠 차림의 40대 남자가 씩씩거리며 고개를 쭉 내밀었다. 경찰관이 남자의 손을 훑어본 후 물었다.

"신고가 들어와서요. 무슨 일 있으십니까?"

"아뇨. 집사람이 잘못 눌렀나 봐요."

"부인은 어디 계십니까? 확인 좀 할 수 있을까요?"

"아, 됐다니까요! 남의 집 일에 무슨 상관입니까?"

이때 여자가 남자 등 쪽에서 나타났다. 다친 곳은 없어 보였다. 그러면서 한다는 말이 뜻밖이었다.

"왜들 소란이세요? 남편이 뭐 잘못한 거라도 있나요? 아까는 제가 좀 흥분했었나 봐요. 이제 됐습니다."

불과 몇 분 전 전화 속에서 금방이라도 숨이 넘어갈 것 같았던 여자는 언제 그랬냐는 듯 천하태평이었다. 박 씨는 아무 일 없이 상황이 종료된 것만으로 가슴을 쓸어내렸다.

아파트 경비원은 권한은 없고 책임만 있다. 경찰 대동 없이 경비원 혼자 무턱대고 입주민의 집에 발을 들이면 주거 침입죄에 해당된다. 그러니 혹여 무슨 일이 생기면 경찰에게 맡기는 것이 최선이다. 경비원은 국민의 생명과 재산을 지킬 의무가 없다. 경비업법에 따르면 "경비원은 직무를 수행함에 있어 타인에게 위력을 과시하거나 물리력을 행사하는 등 경비업무의 범위를 벗어난 행위를 하여서는 아니된다."(제15조의2항 ①) 이를 위반한 경비원은 1년 이하 징역, 또는 1000만 원 이하의 벌금에 처해진다.

그런데 경비원의 의무를 정의하고 있는 이 조항에는 다음과 같은 내용이 이어진다. "누구든지 경비원으로 하여금

경비업무의 범위를 벗어난 행위를 하게 하여서는 아니된다."(제15조의2항 ②) 경비원을 잡일하는 사람, 부르면 달려와야 하는 사람, 민원 쓰레기통으로 생각하는 사람들은 이 사실을 알까?

이런 일도 있었다. 어느 평온한 아침, 입주민 한 사람이 난동에 가까운 소란을 피우고 있었다.

"야, 이 새끼들아. 월급 주고 밥 먹여주는데 일을 그 따위로 해? 누가 내 차에 불법주차 스티커 붙였어? 내가 여기 입주민인데 뭐가 불법주차야? 어떤 놈이야! 내 차에 기스낸 놈이!"

박 씨와 함께 서 있던 경비원 서너 명 중 한 경비원이 나서서 대답했다.

"제가 그랬습니다. 보행자 통행로라 엄연히 불법……."

그때 번갯불이 튀었다. 남자가 경비원의 뺨을 갈겼다. 관리소장은 남자를 제지하기는커녕 오히려 뺨을 맞은 경비원에게 어서 사과하라는 표정으로 다그쳤다. 남자는 분이 안 풀렸는지 지난날까지 소환했다.

"저번엔 내 차를 다른 곳으로 밀어서 뺀 놈도 있었어. 그 땐 참았는데 자꾸 이럴 거야? 너희들 다 잘리고 싶어 환장했어?"

사실 주차관리는 경비원 소관이 아니다. "차 댈 곳이 없다." "차를 빼라고 해달라."는 등의 민원은 관리사무소에 하면 된다. 가장 좋은 방법은 주민들이 서로 협조해서 해결하는 것이다. 경비원이 층간소음 민원이나 공고문 탈부착 심부름, 전지작업 등 시설보수작업 보조, 관리비 통지서 배부, 전기검침 등의 일을 할 경우 공동주택관리법시행령에 의해 관리사무소가 제재를 받는다. 1회 위반 시 시정명령, 2회 위반 시 1000만 원 이하의 과태료에 처해진다.

상황을 지켜보던 박 씨가 허공을 향해 혼잣말처럼 쏘아붙였다.

"우리가 뭐 풀이나 뽑고, 술 취한 놈 차 빼주고, 나무들 머리나 깎아주는 사람들인 줄 아나. 그건 경비원 업무 영역 밖이여. 적당히 좀 혀. 경비원들이 무슨 따까리냔 말여."

남자가 가던 걸음을 멈추고 뒤돌아섰다.

"뭐여? 나한테 지껄인겨?"

관리소장이 황급히 남자를 막아서며 동시에 박 씨의 등을 떠밀었다. 박 씨는 물러서지 않았다. 마치 오늘 당장 일을 그만둘 사람처럼 비장감마저 감돌았다. 다행히도 남자가 두고 보자는 식으로 눈을 흘기며 자리를 떠나면서 상황은 종료됐다. 박 씨는 허탈하게 웃으며 말했다.

"일 잘하면 소문이 안 나는데 못하면 소문이 확 퍼지지. 전화를 받을 때도 3-3-3법칙. 전화벨 3번 울리기 전에 받기, 통화 후 3초간 기다렸다가 끊기, 신속·정확·정중 3가지 기억하기. 민원인과 대화할 땐 중저음, 눈은 되도록 위아래로 훑어보지 말고 부드러운 고갯짓은 필수……. 흐흐흐. 우리가 스튜어디스여? 뭐여?"

*

현재 대한민국 중장년, 특히 60년대생들의 재취업 기회는 바늘구멍보다도 좁다. 더욱이 거의 대부분의 일은 자격증이라도 있어야 지원이 가능하다. 일자리가 당장 급한데 때가 닥쳐 자격증 시험에 도전하면 그땐 늦는다. 여유가 있을 때 미리미리 준비해야 한다. 자격증을 따놓으면 재취업을 위한 1차 준비는 끝난 것이다.

나는 경비원 자격증을 취득한 후 비계 자격증과 고용노동부 중장년내일센터 전직스쿨 프로그램과 생애경력설계 프로그램도 이수했다. 비계업체에 취업하려면 자격증은 필수다. 경기도 안성에 있는 한국비계기술원에서 교육을 받고 기능 습득 이수증을 따면 된다. 관계법령과 안전관리에 관한 사항, 비계의 조립·결속·해체, 추락 및 낙하물 방지 등을 배우는데 수업만 잘 들으면 시험도 무난하게 통과할 수 있다. 하지만 자격증이 곧 입사증은 아니다. 또 다른 관문이 있다. 바로 '시간'과 '노력'이다. 일자리가 나를 기다려 주지는 않는다. 관련 업체를 찾아서 열심히 문을 두드려야 기회도 온다.

지루하고 답답한 시계 초침만 귓전에서 무의미하게 울린다. 그럴 땐 흔들린다. 자꾸 흔들린다. 주변에 널려 있는 기다림의 상황들이 목울대에 벌레가 들어가 있는 것처럼 불편하다. 그 불편함을 뱉어내기 위해 오늘도 외쳐본다.

"아, 일하고 싶다!"

못난 남편의
30년 치 반성문

은퇴한 남편들은 시간이 갈수록 아내에게 의존한다. 일일이 챙겨주지 않으면 어린아이가 된 것처럼 모든 게 서투르다. 어찌됐든 아내는 가장 가까운 곳에서 남편에게 어떤 고충이 있는지 누구보다도 잘 알기 때문이다.

그래서 나이가 들수록 반려자와의 관계가 중요해진다. 부엌 근처에 얼씬도 안 했던 남편들이 밥을 하고 설거지를 하는 이유도 그래서다. 돈은 못 벌어도 빨래, 청소, 분리수거, 음식물 쓰레기 버리기까지 도맡아 한다. 직장 다닐 때 큰소리 뻥뻥 치던 남편이 갑자기 다가가려 할수록 아내들은 달아나려 한다는 게 흠이라면 흠일까.

일본에는 부원병夫源病이라는 희한한 병명이 있다. 정년 퇴직한 남편이 원인이 되어 생기는 병이다. 은퇴한 남편이 집에 눌러앉아 시시콜콜 참견하고 삼시 세끼 밥 차려달라고 하면서 아내에게 생긴 속병이다. 은퇴한 남편은 비 오는 가을날 구두에 붙은 낙엽 신세로 비유되기도 한다. 아무리 떼어내려 해도 달라붙는 귀찮은 존재라는 뜻이다. 그래서 낮에 집에 없는 남편, 아내 나가는 데 따라 나가지 않는 남편이 좋은 남편의 조건이라고 한다.

동물의 세계도 이와 비슷하다. 머리 한복판에 작은 구멍이 있는 민벌레 수컷들은 암컷의 꽁무니를 졸졸 따라다니는 것이 그들 삶의 전부다. 그래서 민벌레를 골빈 수컷이라고 부른다. 잠자리는 짝짓기를 마친 후에도 암컷을 놓아주지 않고 달고 다닌다. 줄무늬다람쥐 수컷도 번식기가 되면 쉼 없이 암컷의 꽁무니만 따라다닌다. 공작새 수컷은 화려한 깃털 외에는 자랑할 것이 없다. 허우대만 멀쩡할 뿐 정작 암컷에게 해주는 건 하나도 없다. 원앙은 금슬 좋은 부부의 상징이라고 알려져 있지만 수컷의 바람기는 정평이 나 있다. 반면 일부일처제인 갈매기는 평생 맞벌이 부부처럼 암컷과 수컷이 똑같이 새끼를 돌보고 생계를 나눠 책임진다. 15시간씩 새끼 보호와 먹이 사냥을 교대해서 한다.

모든 생물의 수컷들이 암컷들보다 훨씬 더 화려한 외모를 갖고, 노래와 춤을 더 잘하고 끊임없이 경쟁하며 사는 것은 번식의 결정권이 암컷에게 있기 때문이다.

은퇴한 남자들도 아내를 졸졸 따라다닌다. 마음은 그렇지 않은데 몸이 자동으로 따라간다. 30년간 아내를 외롭고 속상하게 한 기억이 하나도 없는 사람처럼 절대 약자로서 아내의 어깨에 기대려고 한다. 기세등등했던 나도 은퇴한 이후 기가 팍 죽었다.

*

불혹을 갓 넘겼을 때의 일이다. 운전면허증을 딴 아내는 3년이 넘도록 운전대를 잡지 못했다. 장롱면허였다. 나중에 운전을 하고 싶다기에 동네 공터에서 운전 연습을 몇 번 봐 줬다. 드디어 아내가 단독으로 차를 몰고 나간 어느 날 회사에 있는 나에게 다급한 전화가 걸려왔다.

"여보, 이마트 사거리에서 좌회전 신호 받고 막 꺾으려는데 남의 차를 박았어."

"지금 좀 바쁜데……. 일단 보험회사 불러서 처리할래?"

그리고 몇 년이 흐른 어느 날 똑같은 사고 상황이 벌어졌다. 아내의 목소리가 덜덜덜 떨렸다.

"여보, 차 박았어."

"뭐라고? 차는 어때? 혹시 외제차는 아니지? 그렇게 조심 좀 하라고 했잖아. 다친 데 없으면 보험 처리해. 지금 바빠."

나는 아내의 안위보다 차의 상태를 더 궁금해하고 있었다. 퇴근 후 집에 갔더니 아내가 청심환을 먹고 누워 있었다. 그 와중에도 나는 자초지종을 물으며 잔소리를 해댔다. 그런데 반응이 심상찮았다. 그제야 아차 싶어 아내의 몸 상태를 살피는 시늉을 했다. 아내는 자신보다 자동차가 더 걱정되느냐며 말본새가 틀려먹었다면서 횡하니 나가버렸다. 아내보다 자동차를 더 걱정한 건 단순한 실수가 아니었다. 그로부터 며칠 동안 아내의 화가 잦아들 때까지 나는 잔뜩 긴장한 채로 반성의 나날을 보냈다. 그 후 아내에게 무슨 일이 생기면 아내의 안부를 가장 먼저 물었다.

"여보, 괜찮아? 많이 놀랐지?"

뒤늦은 후회지만 결혼하고 30년간 말주변 없는 나의 거친 화법을 참아준 아내에게 미안하게 생각한다. 어떤 일을 하든, 무슨 말이든 이기려 했던 성정을 반성한다. 사소한 일에도 눈에 시퍼런 불똥을 튀기던 울화를 사죄한다. 백수가 되고 나서야 지난날을 후회하니 이 또한 염치없을 따름이다.

요즘 시대 중장년 부부의 마지막은 요양병원이 될 확률이 높다고 한다. 그곳에 가면 어떤 상황에 처하게 되는지도 잘 안다. 그곳은 영원한 이별의 장소가 될 수도 있다. 나는 아내와 건강하게 살고 싶다. 나중의 일이지만 아내와 내가 요양병원에 가는 일이 없었으면 좋겠다.

인생을 살아보면 이 값 저 값 중에 나잇값을 하는 게 제일 어렵다. 말투도 그렇고 체면도 그렇고 처신도 그러하다. 점점 더 가엾어지는 모양새다. 그러니 남편들이 졸졸 따라다녀도 이해해줬으면 좋겠다. 마음이 심란해서 그러는 것이다. 오래오래 아프지 않고 당신과 함께 늙어가고 싶다는 완곡한 제스처다.

"여보, 나 좀 봐줘요."

갱년기를
극복하는 방법

"당신, 남자 갱년기야?"

아내가 툭 던진 한마디에 잠에서 확 깨듯 소스라쳤다. TV 앞에서 혼자 눈물을 훔치는 내 모습을 본 모양이었다. 남성도 갱년기를 겪는다는 사실을 언뜻 듣기는 했어도 내가 당사자가 될 줄은 몰랐다. 성기능 장애, 전립선 이상, 수면 무호흡증, 배뇨 증상 등 굳이 의학적 증상을 나열하지 않아도 딱 남성 갱년기 같아 보였다.

갑작스런 변화는 아니었다. 몇 년 전부터 징후가 보였다. 예후도 좋지 않았다. 퇴직과 궁핍해진 벌이로 인한 환경적 요인이 적지 않았을 것이다. 그저 아무런 의욕이 안 생기고 눈물만 줄줄 났다. 한번은 아파트 17층 거실에서 아래쪽을 내려다보고 있는데 아찔하기보다는 그냥 내려놓고 싶다는 생각이 들었다. 또 한 번은 잘 달리는 차 안에서 갑자기 문을 열고 뛰어내리고 싶은 충동에 휩싸인 적도 있었다. 순간적인 기억상실 증세와 함께 말이다. 그러고도 아픈 날들이 오래 이어졌다. 편두통 섞인 고뿔조차 단순히 가루약 몇 포 먹어서는 낫지 않았다. 마른기침이 나오고 목구멍 깊은 곳에 알지 못할 어둠이 걸려 있는 듯했다. 그 어둠은 폐부 깊은 곳까지 갉아먹었다. 지쳐 쓰러져 뒹굴다 보면 어느새 아침이었다.

의사는 공황장애에 가까운 우울증이라고 진단했다. 2시간가량 상담하고는 약을 한 보따리 처방해주었다. 다음 날부터 알약을 털어 넣었다. 하지만 증상은 1년여간 지속됐다. 언제 다시 맑음을 되찾았는지는 기억에 없다. 다만 스트레스가 가장 극심할 때 남자의 갱년기가 찾아왔다고 추측할 뿐이다.

직장이라는 조직에서 오랫동안 공동체 생활을 해오다가 퇴직하게 되면 고독감이 밀려온다. 그 원인을 곰곰이 생각해보면 필시 외딴집에 오래 산 DNA 때문이 아닐까 싶다. 인생의 절반을 이웃과 이웃하지 않고 살았으니 그럴 만도 하다. 외로움은 지병처럼 쉽게 떠나지 않았다. 두려운 일은 은퇴 이후 외로움에 대한 두려움이 더욱 깊어졌다는 점이다. 유배지가 아닌 곳에서 유배된 느낌으로 산다는 건 슬프다. 외로움의 감정은 습지대 늪처럼, 썰물 때의 갯벌처럼 한번 발을 들이면 좀처럼 벗어나기 어렵다.

황동규 시인은 고독을 '홀로움'이라 표현했다. 지금은 어느 세대나 예외 없이 외롭고 불안에 시달리는 사회다. 특히나 나와 같은 60년대생, 은퇴한 베이비붐 세대는 분리불안증을 겪으며 어느 곳에도 섞이지 못한다. 한때는 이 사회의 가장 역동적인 세력이자 제일 핵심적인 조직이었는데 지금은 가장 연약한 변두리 개체일 뿐이다.

2022년 한국에서 우울증 치료를 받은 남성 환자 수는 29만 5246명이다. 남성의 우울증은 여성과 다른 양상으로 나타나기 때문에 제대로 진단되지 않는다. 남성의 우울증 진단율은 여성의 절반 수준이지만 자살률은 여성의 2.2배에 이른다. 2021년 사망 원인 통계에 따르면 남성 자살률은 인구 10만 명당 35.9명, 여성은 16.2명으로 나타났다.

아내는 쉰다섯 살이 되기도 전에 완경기(폐경기)를 맞았다. 어느 날 갑자기 얼굴과 목, 가슴에서 뜨거운 열감이 느껴진다고 했다. 그 증상은 30초에서 5분가량 지속됐다. 오한, 무력감, 어지럼증을 호소하는 날도 많아졌다. 한겨울에 선풍기를 틀고, 한여름에 내복을 입는 순간 징조를 느꼈다. 아내는 완경 이후 갱년기가 짧게는 4년, 길게는 10년까지 이어진다고 한걱정했다.

어떤 날엔 아무것도 하기 싫다면서 계속 잠만 자려고 했다. 갱년기가 왔다는 것은 몸을 쉬라는 신호란 말이 있듯 모든 걸 귀찮아했다. 아내는 흰머리에도 과민반응을 보였다. 겉으로 드러나 보이니 거울을 볼 때마다 우울해했다.

아내와 나는 그때부터 함께 운동을 시작했다. 매일 저녁, 밥을 먹고 왕복 4km 정도를 걸었다. 비가 오거나 눈이 와도 멈추지 않았다. 갱년기 증상이 심해지는 시기부터는 더 많이 걸었다. 동네 유원지를 한두 바퀴 돌다가 그 코스가 지겨워지면 뒷산에도 올랐다. 눈물이 나면 슬퍼지고, 슬퍼지면 다시 우울해지는 건 비단 호르몬만의 문제는 아니었다. 그 눈물을 닦아주고, 등을 토닥토닥 두드려주면 생기를 찾았다. 햇빛을 받으며 걸으면 행복을 느끼게 해주는 세로토닌도 분비되고 비타민D도 얻을 수 있어 기분이 한층 나아졌다.

"나한테 남은 난자가 0개래."

아내가 무심코 던진 말이었는데 통증이 느껴졌다. 낙엽처럼 내려앉는 목소리가 가볍게 떨렸다. 바람이 한차례 나무를 뒤흔들고 가는 모습을 보며 아내에게서 '가을'을 느꼈다. 아내는 대단히 긍정적인 사람이다. 짜증 내는 일이 거의 없고 다툼도 싫어한다. 예민하고 잔소리가 심했던 나와의 결혼 생활도 용케 잘 버텨주었다. 그것이 늘 고마웠는데 그이의 얼굴에서 '봄'이 사라지고 있었던 것이다.

나란히 운동을 하면 좋은 점이 많았다. 그중에서도 대화가 좋았다. 묵혀두었던 감정들을 솔직하게 쏟아놓으면 가슴 한복판에 자리 잡은 큰 돌덩이가 사라지는 느낌이었다. 불편한 생각들은 이야기를 통해 희석되고 배출됐다. 사실 부부란 감정 소모가 많은 관계. 평상시에는 아무렇지도 않다고 생각했던 일들이 갑자기 큰일처럼 되기도 했다. 그 감정은 낭비였다. 대화가 늘수록 서로를 이해하려는 마음이 커졌다. 연애 시절엔 민망했는데 걸을 땐 손도 잡았다. 아내의 체온이 살갗에 닿는 순간 열감이 전해져왔다. 손끝이 아렸다.

아내와 운동을 하면서 헬스도 시작했다. 거의 재활치료 수준으로 달려들었다. 그런데 살은 빠지지 않았다. 먹는 양도 적은데 오히려 찌는 느낌이 강했다. 체중 때문에 스트레스가 쌓이고, 그 스트레스가 다시 살로 변하는 듯했다. 중년이 되면 신진대사율이 10~15% 떨어진다는 얘길 들은 적이 있다. 에너지를 지방으로 바꿔 저장하는 성향도 증가한다. 나이가 들면 적은 음식으로도 몸을 지탱하려는 속성 때문이다. 감소하는 에스트로겐과 안드로겐을 체지방으로 만들어낸다는 것이다. 살이 찌는 게 갱년기 때문만은 아니겠지만 아내는 상심했다. 우리는 식이요법을 시작했다.

점차 활기를 되찾기 시작한 아내는 새로 시작한 일에도 푹 빠져들었다. 정신없이 바쁘게 사는 것도 갱년기 극복의 방법이라고 생각한 모양이었다. 정말 좋아하는 것을 깊이 파고들면 심신의 안정이 찾아오게 마련이다. 고독할 수는 있어도 고립되지는 말라는 법정 스님의 말처럼 우리는 뭐든지 소통했다.

어찌됐든 아직까진 냉장고에서 TV 리모컨이 발견되는 일은 생기지 않았으니 그나마 다행이다. 터널의 끝이 보이기 시작했다. 나의 갱년기도 아내 덕분에 좋아지고 있다. 밥을 먹는 것도, 운동을 하는 것도, 다시 일터를 찾게 되는 것도 모두 아내 덕분이다.

내 안에 아내가 있다.

은퇴 베이비부머
재취업 분투기

중장년내일센터 재취업 프로그램 강연회에서 들은 얘기다. 전직 대기업 기술자 A씨는 2년째 열심히 이력서를 써서 기업에 보냈다. 그런데 희소식은 없었다. 답신조차 일절 받지 못했다. 이메일을 보내면 수신 확인은 됐는데 연락이 오지 않았다. 한때 대기업 엔지니어로 실력을 인정받아 수석 자리까지 지낸 그였기에 자존심이 상할 대로 상했다. 일반 중소기업에 서류를 넣었는데도 무응답이었다. 대꾸라도 해줬으면 좋겠다는 생각을 수없이 했다. 참다못한 그가 채용박람회장에서 재취업 지원 컨설팅 전문가를 만났다.

"이제 예순 둘인데 고용시장에서 늙은이 취급을 받는 거

같아요. 2년째 감감무소식입니다. 나이 먹은 거 빼고는 결격사유가 딱히 없어요. 커리어도 괜찮고…….”

A씨가 붉으락푸르락 열을 내자 컨설턴트도 순간 당황했다.

“혹시 그동안 보내셨던 이력서나 지원서, 자기소개서 같은 거 있으면 보여주실 수 있을까요?”

A씨는 별걸 다 보여달란다는 표정을 짓더니 가방을 뒤적거렸다. 그러고는 A4 몇 장과 이력서 등을 내밀었다. 컨설턴트는 서류를 꼼꼼히 읽고 나서 무엇인가를 발견했다는 얼굴로 그를 응시했다.

“제가 보기엔 연봉 표기에 문제가 있어 보여요.”

“네? 무슨 문제요?”

이해할 수 없다는 듯 되묻자 컨설턴트가 경직된 톤으로 설명을 이어갔다.

“다른 건 괜찮은데 연봉을 1억 3000만 원이라고 적으신 부분이 좀 걸려요. 선생님은 본인 커리어로 볼 때 합당한 연봉이라고 생각하시겠지만, 기업으로서는 부담스럽게 생각할 겁니다. 퇴직하신 분이고…….”

“현직에 있을 때 받은 연봉보다 확 후려친 건데…….”

“기업도 선생님 같은 훌륭한 경력의 전문가를 모시고 싶겠죠. 하지만 연봉을 다짜고짜 세게 부르면 일단 거부감이

들 겁니다. 제 생각엔 연봉 액수를 밝히시는 것보단 '연봉 협의'라고 완곡하게 표현하시는 게 나을 것 같아요. 그래야 최소한 면접 자리까지 갈 수 있을 거예요."

고경력 퇴직자들의 경우 현직에 있었을 때의 처우를 너무 의식한 나머지 재취업 시에도 연봉 등을 높게 부름으로써 서류 단계에서부터 탈락하는 예가 많다고 한다. 마치 자신의 이력을 업체에 욱여넣는 느낌이랄까.

나는 여러 곳에 이력서를 넣어놓고 취업 강연회를 부지런히 쫓아다녔다. 강연회에 갔다 오면 새로운 의지가 생겼다. 어떤 얘기라도 들으면 도움이 됐다. 취업하려면 시대 흐름에 맞게 나 자신도 변해야 한다는 걸 깨달았다. 고릿적 문법으로 가득했던 자기소개서도 버렸다.

기업의 인사 담당자들은 구직자가 언제 어디서 태어났고 어떻게 자랐는지 궁금해하지 않는다. 그동안 어떤 직장에서 얼마를 받았는지도 중요치 않다. 재취업하면 어떤 일을 맡아 어떻게 잘 수행할지를 말하는 게 정답이라는 것이다. 능력이나 실력과 무관하게 화려했던 지난날의 기록만 빼곡하게 나열하면 실패할 확률이 높다. 주변 사람들에게는 변하라고 말하면서 정작 본인은 절대 변하지 않는 게 중장년층의 현실이다. 지금은 이력서 달랑 한 장 보내서 취업하는 시대가 아니다. 과거의 성공 전략이 새로운 일자리에서는 통하지 않는다. 시대도 변하고 환경도 변했는데 구직자만 변하지 않고 있다.

서류 심사를 통과했다고 끝이 아니다. 면접은 더 까다로워졌다. 왜 그 회사에 지원했는지, 오랜 직장 생활을 통해 갈고 닦은 경험과 능력을 새로운 회사에서 어떻게 활용할 것인지 등등 당장 취업하는 데만 급급한 사람의 대답이 아니라 장기적인 비전을 보여주어야 한다.

주변의 도움도 중요하다. 사회생활을 하면서 쌓아온 인맥을 적극 활용하는 것이다. 자존심 상하고 민폐라는 생각이 들어서 가만히 있으면 아무도 알아주지 않는다. 사람들은 "나 좀 소개시켜줘."라고 다짜고짜 부탁하면 당황하거나 곤란해한다. 차라리 "나 이런 거 잘하고, 이런 자격증도 있다."라고 말하는 게 낫다. 의견 청취, 조언을 구하는 방식이다. 그럼 정보가 교환되기도 하고 취업과 연계될 수도 있다. 통계에 따르면 현재 고령층의 32.3%가 인적 네트워킹으로 재취업을 하고 있다. 나의 경력과 능력이 취업시장에서 저절로 알려지는 예는 없다. 말하지 않으면 알 수 없다. 내 경험이 지원하는 회사의 경영에 어떻게 연결되는지 설명할 수 있어야 한다. 오랜 커리어는 자랑거리가 아니라 오히려 걸림돌이 될 수도 있다.

일자리를 찾기 위해 곳곳의 기관들을 방문해보면 우리나라 고용시스템과 재취업 교육 프로그램이 무척 잘돼 있다는 걸 느낀다. 고용노동부 중장년내일센터에선 중장년 종합 고용서비스, 구인구직 서비스, 생애경력설계 서비스를 받을 수 있다. 고용지원센터, 여성새로일하기센터, 구청·시청·도청 일자리센터, 어르신 취업 지원센터(만 55세 이상 시니어)도 좋은 창구다. 나는 나에게 맞는 채용정보 사이트 2~3개를 정하고 매일 2~3분 만이라도 꾸준히 들여다보며 재취업을 꿈꾸고 있다. 직업훈련 포털 HRD-NET을 이용하면 교육비 중 자기부담금을 줄일 수 있고 직무교육 사이트 활용, 웹 기반 교육 K-MOOK, 기술·기능정보대학인 한국폴리텍대학 신중년특화과정도 취업 연계에 큰 도움이 된다. 그 밖에도 고용노동부 워크넷, 민간 취업 정보 사이트(잡코리아, 사람인)를 꾸준히 활용하면 길이 열린다.

베이비붐 세대가 본격적으로 노인복지의 영역으로 들어오고 있다. 2023년 현재 65세 이상 고령 인구는 950만 명이다. 2025년을 기점으로 초고령 사회에 진입하고 2027년에는 1167만 명에 달할 것으로 예상된다. 초고령 사회는 65세 인구가 전체 인구의 20%를 넘는 현상을 말한다. 상황이 이렇지만 한국의 노인들은 가난하다. 2020년 기준 65세 이상 노인의 빈곤율은 40.4%로 경제협력개발기구OECD 회원국 중 가장 높다. 특히 고령 인구의 3분의 1 이상이 혼자 사는데, 이들 독거노인 10명 중 7명이 빈곤 상태에 있다.

반면, 고령자 취업률은 1등이다. 60세 이후에도 오랜 기간 동안 취업 상태라는 얘기다. 65세가 돼야 국민연금이 나오지만, 실제로는 50세 이전에 퇴직하는 사람들이 많기 때문이다. 이런 사람들은 약 15년 동안 국민연금 혜택의 사각지대에 놓인다. 반면 노동력이 부족한 경우도 많다. 일하러 오는 젊은 층이 적기 때문인데, 여기서 누가 고령층을 부양하느냐는 문제가 발생한다. 젊은 사람들은 앞차가 빨리 빠져야 직장에 들어간다. 5060이 정년을 연장하면 젊은 층이 진입할 수 있는 길이 그만큼 좁아질 수 있다.

정부는 노인 일자리를 현재 약 88만 개에서 2027년 전체 65세 이상 인구의 10% 수준인 약 120만 개로 늘린다고 발표했다. 그런데 일자리의 상당수가 임시직·일용직 같은 질 낮은 일자리다. 2022년 기준 최저임금보다 적은 시간당 임금을 받은 근로자 중 45.5%(125만 5000명)가 60세 이상이다.

정부는 성과 위주다. 비교적 쉽게 그래프를 올릴 일자리 확대에 치중한다. 열악한 근로 환경엔 관심을 기울이지 않는다. 취업 노인들의 근로 조건 실태를 조사해 어떤 문제가 있고, 어떻게 보호해야 하는지 고민하는 정책은 거의 나오지 않고 있다. 장수는 문명의 선물이지만 고령자는 인류가 전혀 사용해본 적 없는 자원이다. 매년 쏟아져 나오는 베이비붐 세대의 은퇴자들을 고려한다면 현재 국가는 현실 수습에만 급급한 상황이다. 잡초 뽑고 휴지나 줍는 단순 노무 일자리를 줄이고, 장기적으로 지속할 수 있는 일자리 계발이 필요하다.

은퇴한 베이비부머들의 먹고사는 문제 때문만이 아니다. 누구나 노인이 되듯, 현재의 2030 청년 세대도 은퇴한 부모의 삶을 보면서 나이를 먹어갈 것이다. 청년들에게 어떤 미래의 자화상을 보여줄 것인가의 문제도 중요하다. 초고령 사회의 문턱에서 국가가 책임감 있는 모습을 보여줘야 하는 이유다.

아무리 장수 사회라 할지라도 나이 예순으로 가는 길목은

덜컹거린다. 그저 가만히 있기도, 뭔가를 해보기도

애매한 시간 속에서 절뚝거린다.

가장 써먹기 좋은 때지만, 가장 버려지기 좋은 때이기도 하다.

세월을 부여잡고 울어본들 소용없다.

아내와 자식들이 눈에 밟히고, 연로한 부모의 주름까지

챙겨야 하니 앉아 있을 수만은 없다.

도망갈 수도, 도망가서도 안 되는 인생살이는

그래서 고달프다.

늙어가는 건
낡아가는 게 아니다

장모님은 93세까지 건강하게 사시다가 하늘나라로 가셨다. 마지막에 며칠 입원한 일 빼고는 잔병치레도 거의 없었다. 항상 낙천적이고 긍정적으로 생활하셔서 가족 속 썩는 일은 만들지 않았다.

"늘 밝게 살아야 혀. 고민한다고 해결되는 건 없어. 웃어. 그냥 웃어. 복된 마음으로 살아야 복이 오는 거여."

장모님을 떠올리면 7~8월에 하얀 목화솜처럼 온화한 꽃을 피우는 사위질빵꽃이 생각난다. 사위질빵이라는 이름의 유래는 명확하지는 않지만 공통된 내용은 장모의 사랑과 배려다. 옛 시절, 수확 철이 되면 사위가 처가에 와서 가을

걷이를 도와주는 풍습이 있었다. 장모는 사위를 고생시키지 않으려고 연약하고 잘 끊어지는 이 덩굴식물의 줄기로 짐을 지게 했다. 다른 인부의 끈은 질기고 튼튼한 칡덩굴이나 짚으로 만든 것인데 사위의 것은 약한 넝쿨로 만들었으니 무거운 짐을 질 수 없었다. 질빵은 짐 따위를 질 수 있도록 어떤 물건을 연결한 끈을 뜻하는 우리말이다.

나의 장모는 5월이 되면 우리 집에 행차하셨다. 연례행사로 길게는 20여 일, 짧게는 일주일가량 머무셨다. 산채의 제왕 두릅 때문이었다. 5월에 두릅 새순 향이 가장 삼삼하기에 살짝 데쳐 드리면 초고추장에 찍어 맛나게 드셨다. 반대로 처가에 가면 장모는 고봉으로 밥을 담아주셨다. 그 밥의 높이는 사랑의 높이였다.

장모님의 장수 비결을 생각해보면 일정 부분 경제력과 경제권에 있었던 것 같다. 당신은 하늘의 부름을 받기 전까지 통장이나 재산을 자식들에게 절대로 공개하지 않으셨다. 몸뻬(일바지) 속주머니에 항상 현찰을 넣어 다니면서 쓸 때 쓰고 나눌 때 나누었다. 농작물을 키워 내다 팔고, 품삯 일이며 공공근로를 통해 돈을 벌었는데 자식이 어려울 땐 통 크게 목돈을 내놓기도 했다. 자식에게 짐이 되지 않으려고 소천하시는 날까지 호미를 놓지 않으셨다. 당연히 장모님과 자식들 사이에 금전적인 갈등은 전혀 없었고 당당하게, 초라하지 않게 사시다가 떠나셨다.

나의 어머니는 83세다. 작년까지만 해도 정정하셨는데 올해 보니 또 다르다. 어머니는 억척스럽고 검약하다. 장모님처럼 자식들에게 손을 벌리지 않는다. 짐이 되지 않기 위한 배려다. 그래서일까. 주머니에 돈이 들어가면 절대 나오는 법이 없다. 물론 자식들이 힘들 때면 아낌없이 목돈을 내놓는다. 당신에게 돈은 자신을 위해 쓰는 용도가 아니라 가족을 위해 예비하는 적금 같은 것이다. 어머니는 40년 전 아버지로부터 경제권을 가져온 이후 여태껏 주머니를 지키고 있다. 어머니의 주머니는 경제 권력이다. 어머니가 경제권을 쥐고 있는 주된 이유도 자식에게 부담을 주지 않으려는 안간힘이란 걸 안다. 나는 그런 일련의 모습들이 현명하단 생각을 한다. 착한 자식이든 그렇지 않든 돈 보따리를 푸는 순간 부모와 자식 간에는 이로운 점보단 해로운 점이 더 많아질 게 뻔하다. 어머니가 돈을 지키는 일은 어쩌면 가족의 안녕과 화평을 지키는 일일지도 모른다.

2010년 개봉한 영화 〈친정엄마〉에 등장하는 어머니는 무식하고 시끄럽고 촌스럽지만 딸만 보면 웃는 엄마다. 영화

속 딸은 아빠가 죽고 나서 혼자 살 엄마를 걱정해 함께 살자고 한다. 그때 엄마는 "너랑 같이 살면 네가 힘들 때 갈 데가 없잖아. 엄마는 여기 있을 테니까 힘들면 언제든지 찾아와."라고 말한다. 500원어치의 콩나물을 사면서 단돈 100원을 아끼기 위해 극성을 부리는 친정엄마의 모습은 우리의 어머니와 닮았다. 나는 그 영화를 보는 내내 열 번 넘게 울었다. 남자에게도 엄마는 친정엄마다.

나의 늙은 아버지는 1톤 화물차를 몰면서 고물을 주우러 다닌다. 옆자리에는 늘 어머니가 앉아 있다. 지금까지 수도 없이 뜯어말려 봤지만 소일거리라며 고집을 피우는 바람에 기세를 꺾지 못하고 있다.

"용돈이 부족해서 그래요? 고물 주워서 얼마나 번다고."

"놀면 뭐 하니? 움직이는 게 건강에도 좋다."

"남들이 보면 뭐라고 하겠어요? 빙신 같은 자식들이 부모를 밖으로 내몰았다고 그럴 거 아니에요? 다 늙어서까지 일을 시킨다고."

"남들 신경 쓸 거 없다. 우리가 좋아서 하는 일인데 그까짓 시선이 뭐가 대수라고……."

나란 놈이 참으로 한심하단 생각이 들었다. 이 와중에 남들이 흉볼 걸 걱정하고 있었으니 말이다. 진짜 부모를 위해서 하는 말이었는지, 나 자신에게 돌을 던지고 싶어졌다.

늙은 부모의 길을 가고 있는 중장년들이 그들의 아버지, 어머니를 보며 절규하는 것은 그 고난을 알고 있기 때문이다. 그들 또한 그들의 부모가 그래왔던 것처럼 자식 세대들에게 짐이 되지 않기 위해 엄청난 노동을 감내했다. 은퇴 후 다시 일자리를 갖는 것, 재취업을 위해서 고군분투하는 이유도 자식에게 손을 벌리지 않기 위한 사투다. 당연히 짊어져야 할 짐을 진 채 기꺼이 그 길을 가고 있다.

자식들에게 폐 끼치지 않고 무시당하지 않기 위해 경제권을 움켜쥐려는 것이 아니다. 뒷방에 나앉지 않기 위해, 경제 공동체에서 밀려나지 않기 위해 다시 돈벌이에 나서는 것도 아니다. 늙어가고 있지만 아직 낡지 않았다는 자존감이자 저항의 몸부림이다. 청년 세대가 걱정하는 것과 달리 요즘 부모들은 마냥 자식에게 부양받으며 살려고 하지 않는다. 우리 부모들의 삶이 보여준 것처럼 자신들도 원숙하게 늙어가고 싶을 뿐이다. 늙는 것과 나이를 먹는 것은 다르다. 나도 청춘처럼 늙고 싶다.

청춘들아,
우리 같이 잘 살아보자

민물고기인 가시고기 수컷은 부성애의 상징이다. 수컷 가시고기는 혼자서 열심히 수초를 물어다 안전한 장소에 집을 짓는다. 그리고 집을 지키다가 마음에 드는 암컷을 만나면 지그재그 춤을 추면서 유혹한다. 암컷이 집을 통과하면서 배란하면 수컷은 알을 수정시킨다. 짝짓기가 끝나면 암컷은 곧바로 떠나고 수컷의 독박 육아가 시작된다. 이때부터 15일간 아무것도 먹지 않는다. 입구에서 가슴지느러미로 물방울을 만들어 풍부한 산소를 밤낮없이 공급한다. 적이 위협하면 몸을 수직으로 세우고 등에 난 가시를 드러내며 맹렬히 공격하기도 하고 끊임없이 집을 수리하기도 한다. 치어가 태어나도 일은 끝나지 않는다. 엉뚱한 곳으로 헤엄치는 새끼를 입에 머금어 다시 집으로 돌려보내며 정성껏 자식을 돌본다. 이 와중에 수컷 상당수가 지쳐서 죽는데, 치어들은 죽은 수컷의 살을 먹으며 성장한다. 죽어서까지 자신의 몸을 새끼들의 먹이로 줌으로써 종족 보존의 사명을 완수하는 헌신적인 생애를 보낸다.

아빠가 자식을 위해 헌신하는 동물은 가시고기뿐만이 아니다. 물고기의 50%가 수컷이 새끼를 돌본다고 한다. 아마존의 티티원숭이와 전갈도 수컷이 새끼를 업고 다닌다. 열대우림의 코뿔새, 독침개구리도 아빠가 자식을 키운다.

나의 부모 세대도 자식들을 위해 온 정성을 다했다. 제 몸 아끼지 않고 자식의 온전한 성장을 바랐다. 가시고기의 삶이었다. 전통적으로 아버지들은 집안의 절대 지배자인 것처럼 살았지만, 은퇴를 하고 부양 능력에 차질이 생기면서 무력감에 밤잠을 설치고 있다. 본의 아니게 식구들에게 죄인 아닌 죄인이 돼버린 것이다.

2000년대 초반 인터넷에서 신드롬을 불러일으켰던 〈아버지는 누구인가〉(작자 미상)라는 글의 한 구절이 아직도 생생하다.

아버지의 마음은 먹칠을 한 유리로 되어 있다. 그래서 잘 깨지기도 하지만, 속은 잘 보이지 않는다. 아버지란 울 장소가 없기에 슬픈 사람이다. (…) 아버지는 머리가 셋 달린 용과 싸우러 나간다. 그것은 피로와, 끝없는 일과, 직장 상사에게서 받는 스트레스다. 아버지란 '내가 아버지 노릇을 제대로 하고 있나? 내가 정말 아버지다운가?' 하는 자책을 날마다 하는 사람이다. (…) 아들, 딸 들은 아버지의 수입이 적은 것이나, 아버지의 지위가 높지 못한 것에 대해 불만이 있지만, 아버지는 그런 마음에 속으로만 운다.

김현승의 시 〈아버지의 마음〉도 부모인 나의 마음을 울린다.

(…) 세상이 시끄러우면 / 줄에 앉은 참새의 마음으로 / 아버지는 어린 것들의 앞날을 생각한다. / 어린 것들은 아버지의 나라다 — 아버지의 동포다. // 아버지의 눈에는 눈물이 보이지 않으나 / 아버지가 마시는 술에는 항상 보이지 않는 눈물이 절반이다. // 아버지는 가장 외로운 사람이다. (…)

*

물론 중장년층 부모들만 뜨거운 삶을 살고 있는 건 아니다. 청춘들도 그렇다.

한국에서 가장 가치를 인정받지 못하는 분야가 육체노동이다. 우리 사회에는 기본적으로 몸을 쓰지 않을수록 높은 계급을 가진 거라는 생각이 은연중에 깔려 있다. 솔직히 나도 그런 일을 하지 않기 위해 공부했다. 심지어 자식들에게도 몸 쓰는 일을 시키지 않으려고 공부를 시켰다. 하지만 막노동을 경험하고 나서는 내 생각이 틀렸음을 깨달았다. 현장에 있는 젊은이들은 차별적인 시선에 아랑곳하지 않고 사회 일원으로서 당당하게 앞날을 개척하고 있었다.

나는 막노동판에서 많은 2030들과 교감하면서 젊은이들을 이해하기 시작했다. 각종 미디어에서 'MZ세대'라는 이름으로 그려지는 모습과 달리 그들은 이기적이지도 무기력하지도 않았다. 자신의 삶에 최선을 다하고 있었다. 누군가 힘들어하면 말없이 다가와 짐을 나눠 짊어지기도 했다. 지금까지 자신을 돌봐준 가족으로부터 독립하기 위해 미래를 준비 중이지만, 너무 많은 것들을 포기해야 해서 '부모보다 가난한 첫 세대'라는 위기에 처해 있는 그들은 그래서 더 치열하고 더 힘겨워 보였다.

사회학자 신진욱은《그런 세대는 없다》에서 한국의 세대
론이 계급, 교육, 성별, 지역 등에 따른 차이와 불평등을 지
운 채 어떤 동질성을 공유하는 세대가 존재한다고 믿게끔
만든다고 지적한다. 'MZ세대'란 용어도 본질을 크게 벗어
나 있는 듯하다. 흔히 1980년부터 2000년대 초반 사이에
출생한 사람들을 MZ세대라고 부른다. 그렇게 따지면 우리
나라 인구의 약 33%인 1647만 명이 여기에 해당된다.

사실 MZ세대는 '밀레니얼세대'와 'Z세대'의 합성어로
우리나라에서만 쓰는 용어다. MZ세대라 통칭되는 젊은이
들도 정작 자신들을 MZ세대라고 부르지 않는다고 한다.
더군다나 미디어에서 MZ세대라는 용어를 사용할 때 '요즘
애들은 이해 불가'라는 부정적 의미에 힘이 실리는 경우가
많고, 기업은 마케팅 대상으로서만 이용할 뿐이다.

내가 막노동 현장에서 만난 청춘들은 그런 MZ세대가 아
니었다. 베이비부머인 부모 세대의 가시고기 헌신을 누구
보다도 잘 이해했고, 그들 부모 세대가 살아왔던 것보다 더
힘든 세상을 묵묵히 살아가고 있었다. 세상 부모와 자식들
의 마음은 크게 다르지 않다.

베이비부머와 2030, 두 세대는 매우 동떨어져 있는 듯 보
이지만 한편으론 동류의 사람들이다. 따로 격리돼 사는 것

이 아니라 가정에서든 직장에서든 공생하고 있다. 토끼와 거북이의 경주에서처럼 낙오한 사람을 조롱하거나 앞서 간 사람을 비난해서는 안 된다. 잠만 자는 토끼, 발소리 죽이고 몰래 지나가는 거북이 둘 다 떳떳하지 못하다. 졸고 있으면 깨워주고, 천천히 가고 있으면 밀어주면 된다. '함께 가보자.'는 연대의 실천이다. 살아온 길도 다르고 살아갈 길도 다르겠지만, 우리는 지금 이 길 위에 같이 서 있다.

청춘들아, 우리 같이 잘 살아보자.

잘린 나무에서도
이파리는 돋아난다

집에서 시간만 까먹고 있느니 대리운전이라도 해야겠다는 생각이 문득 들었다. 몇날며칠을 고민하다가 기자 시절 알고 지냈던 양 씨를 떠올렸다. 그는 대기업 영업팀에서 상무까지 지내고 은퇴한 뒤 작년부터 대리운전을 하고 있었다. 얼마 전 경비업체에 취직하기 위해 동네 경비원을 찾았던 것처럼 이번에도 나는 대리운전에 대한 조언이나 팁을 얻고자 했다. 은퇴 후 대리 기사를 하는 한 중년의 분투기를 짤막하게나마 전한다.

갑작스런 은퇴 후 양 씨는 한동안 자괴감에 빠져 지냈다. 덤으로 사는 인생이 왔다지만 진짜 잉여인간이 된 것 같았다고 했다. 아무 짝에도 쓸모없이 빈둥빈둥 놀고 있는 존재, 사회에서 필요로 하지 않는 사람. 그래서 뭐라도 해야겠다고 마음먹고 시작한 일이 대리운전이었다.

대리운전은 시간 싸움이었다. 밤새도록 콜을 잡아 일하고 빨라야 오전 9시에 퇴근했다. 순수입 기준으로 시급이 8300원 정도였다. 주로 야간 근로임을 감안하면 최저임금에도 미치지 못했다. 게다가 수입에서 약 20%를 중개료 명목으로 대리업체에 돌려줘야 했다. 매달 보험료와 벌금 납부 등에 대비한 비용도 직접 부담했다. 대출금에 생활비, 딸내미 대학 등록금까지 책임지기엔 턱없이 부족한 액수였다. 그나마 아내가 손주를 봐주며 받는 돈이 있어서 생계를 유지할 수 있었다.

양 씨도 대리운전을 시작하기 전에 주변 사람들에게 조언을 들었다. 그 조언 중 공통된 것 하나가 나이 먹어서 대리운전을 하면 몇 갑절은 더 힘들다는 얘기였다. 양 씨는 일을 시작하고 나서야 그 말의 의미를 알았다. 직접 해보니 상상 이상으로 힘들었다.

대리기사 전용 휴대폰을 통해 콜을 받고 10분 안에 도착하지 않으면 회사에 불만을 접수하는 승객이 간혹 있어서 늦은 밤거리를 매일같이 뛰었다. 전동 킥보드를 구입할 여력은 아직 없었다. 그래도 콜 하나를 더 잡기 위해서 휴대폰을 예의주시하는 버릇이 생겼다.

대리운전 기사들은 폭행 등 갖은 범죄에도 노출돼 있다. 술 취한 남성에게 봉변당하기 일쑤고, 잠든 고객을 깨우는 일도 곤욕이었다. 반말은 그렇다 쳐도 욕까지 듣는 날엔 일이고 뭐고 다 때려치우고 싶은 마음이 간절했다. 한번은 아슬아슬하게 주차되어 있는 차를 빼다가 흠집을 내는 바람에 두 달 치 벌이를 한 번에 날리기도 했다.

양 씨는 대리운전에 지쳐서 폐지 줍는 일도 했다. 빌라 옆집 사람에게 손수레를 빌려 동네방네 돌아다니며 폐지를 주웠다. 온종일 모은 폐지는 70kg. kg당 가격이 78원쯤 되니까 5460원 정도 벌었다. 그나마 이틀이라도 버틴 건 고철까지 함께 팔았기 때문이었다. 경쟁도 심했다. 전국에 약 180만 명이 이 일을 하고 있다고 한다. 밥 먹을 시간도 아까워 도시락을 갖고 다니는 사람들을 양 씨는 도저히 당해낼 재간이 없었다. 그런데도 양 씨는 세상에 쉬운 일이 어디 있겠느냐며 앞으로도 직종을 가리지 않고 무슨 일이라도 해보겠다고 말했다. 어떻게든 이 절박한 상황을 이겨내 보겠다고도 했다.

시간 까먹는 게 아까워 대리운전이나 해볼까 쉽게 생각했던 나 자신이 부끄러워졌다. 그와의 만남은 나에게 큰 울림을 주었다. 막노동판에서 배운 것들을 어느새 잊어버린 채 좋은 일, 편한 일, 해본 일만 찾고 있던 나는 인생 2막을 대하는 태도에 문제가 있었다. 다시 정신을 차리고 현실을 봐야 했다.

*

오전 5시 30분, 간만에 일거리가 생겨 채비를 했다. 안전모와 장갑, 조끼, 각반, 안전화를 챙겼다. 지난밤 막노동할 당시 나를 채용했던 직영 회사의 차장에게서 전화가 걸려왔다. 다시 장기 일거리가 생겼는가 싶어 냉큼 받았는데 기대와 달리 하루짜리 아르바이트 좀 해줄 수 있느냐고 했다. 살짝 김이 샜지만 마다할 이유가 없었다. 공사 현장에서 임시 사무실로 사용했던 컨테이너와 비계 연결 구간을 해체하는 작업이었다. 일당도 두 배로 준다고 했다. 고민할 필요도 없이 냉큼 수락했다.

준비를 마치고 문 밖을 나섰는데 이게 웬일인가. 장대비가 퍼붓고 있었다. 비 예보가 있긴 했지만 이렇게 쏟아 부으리라고는 상상조차 못 했다. 낭패였다. 가장 먼저 머릿속을 스치는 생각이 '오늘 공치는 거 아냐……'였다. 서둘러 차장에게 전화를 걸었다.

"비가 쏟아지네요. 어쩌죠?"

그는 망설임 없이 단호한 목소리로 일을 진행할 거라고 말했다.

"그러잖아도 새벽부터 비가 내려 고민했는데 우비를 입고라도 해야 할 것 같습니다. 어차피 사무실을 철거하기로 원청이랑 얘기가 끝난 상태예요. 힘드시겠지만 나와주셔야겠어요."

나의 대답은 당연히 "예!"였다. 지금은 날씨 핑계를 댈 여유가 없었다. 일거리가 생겼다는 것 자체가 마냥 좋았다. 우비를 뒤집어쓰고 오토바이 시동을 걸었다. 빗길을 헤치고 현장에 도착하니 반가운 얼굴이 기다리고 있었다. 같이 일했던 허 반장과 주 반장을 만난 것이다. 그들도 아직까지 일자리를 못 구해 쉬고 있다고 했다. 실업급여 타면서 취업 강좌 쫓아다니는 내 처지와 별반 다를 게 없었다.

작업이 시작되자 빗방울은 더욱 거세졌다. 우리는 비계공이 파이프와 발판을 해체하면 그것을 받아 한쪽에 정리

했다. 자재들이 손에서 자꾸 미끄러졌다. 빗물이 안전모를 타고 윗옷으로 줄줄 스며들었다.

세 시간쯤 흘렀을까. 온몸이 비에 젖어 한기마저 돌았다. 우린 비에 젖은 생쥐였다. 갑자기 눈앞이 흐려졌다.

일을 할 수 있다는 기쁨이 거센 빗방울에 쓸려 내려갈 즈음 차장이 짠한 표정을 짓더니 점심을 먹으러 가자고 했다. 우리는 함바에서 한식 뷔페를 푸짐하게 담아 먹었다. 한동안 물리도록 먹었는데 오래간만이어서 그런지 꿀맛이었다.

식사 후 작업은 계속됐다. 비는 그칠 줄 모르고 세차게 퍼부었다. 작업의 끝이 보이기 시작했다. 손발을 맞춘 기간이 제법 돼 속도가 예상보다 빨랐다. 뒷정리까지 끝내고 다시 이별의 순간을 맞았다. 허 반장과 주 반장에게 다시 만나자고 훗날을 기약하면서 헤어졌다. 하지만 우리의 재회는 영원히 이뤄지지 않을 가능성이 컸다. 그들은 고향인 부산 기장으로 돌아갈 예정이라고 했다. 조선소 일을 다시 알아볼 거라면서. 다시는 조선소에 가지 않겠다고 호언장담하던 때가 불과 몇 개월 전이었다. 그런데 결국은 일자리를 찾아 다시 회귀할 수밖에 없는 처지였던 것이다. 나는 마음속으로 그들의 건승을 빌었다.

비에 홀딱 젖은 오토바이를 타고 집으로 돌아오는데 차

장의 마지막 한마디가 귓전을 맴돌았다.

"수고들 하셨어요. 오늘 일당 34만 원 입금될 겁니다."

웃음과 울음이 동시에 나왔다. 일당을 '더블'로 받는다는 기쁨과 비에 젖은 노동의 애처로움이 동시에 오버랩됐기 때문이다. 그날 하루는 행복했다. 일을 했다는 보람이 그 어떤 것보다 소중하게 느껴졌다. 나는 그날 이후 다시 일거리를 찾아다니는 하이에나가 됐다.

*

한번 밑동이 잘린 나무는 이듬해 잘린 그루터기에서 곁가지들이 뻗친다. 곁가지가 다시 나무가 되지는 않는다. 하지만 곁가지에도 이파리는 돋아난다. 그 이파리는 끈질긴 생명력이다. 원가지에서 뻗어난 곁가지는 잘릴 운명이지만 이파리를 틔우기에 희망이다. 몸통이 잘리고도 희망의 이파리를 틔워내는 그루터기가 있기에 우리는 힘들 때 그곳에 잠시 앉아 쉬어 갈 수 있다.

살아서 천년, 죽어서 천년을 사는 주목朱木은 주검이 되어서도 푸른 잎을 틔운다. 몸뚱이는 생명력을 다했지만 줄기를 흐르는 생명선은 죽지 않는다. 가냘픈 가지를 붙잡고 세월의 풍화를 견뎌낸다. 은퇴한 중장년들의 삶도 밑동이 잘린 나무나 다름없지만 생명력이 있기에 다시 곁가지를 뻗치고 이파리를 틔울 수 있다.

그게 곁가지든 이파리든 상관없다. 진정으로 필요한 것은 할 수 있다는 의지다. 인생을 젊게 사는 사람들은 부정적인 후회파가 아니라 긍정적인 회상파라는 공통점을 가지고 있다고 한다. 0.0001%의 가능성에도 희망을 거는 건 도박이 아니다. 생각의 유연성이다. 우리는 낡아가는 것이 아니라 새로워지고 있는 것이다.

세상의 모든 아침이여,
나에게 오라

어느 날 갑자기 아침이 사라졌다.

새벽에 일어나 세수하고 간단히 밥을 먹고 몸단장을 끝낸 후 문밖을 나서는데 아뿔싸, 갈 곳이 없었다. 백수란 걸 깜빡 잊었던 것이다. 습관처럼 출근하려 했던 나의 무의식이 문득 서글퍼졌다. 어디선가 '당신, 일 쉰 지 꽤 됐고, 퇴직한 지는 더 오래됐어.'라는 환청이 들렸다. 다시 집 안으로 몸을 들이는데 가슴이 먹먹했다.

나이테가 생기는 속도에 맞춰 건망증의 정도도 점점 심해지는 것 같다. 나이 들면 딱딱해야 할 건 부드러워지고, 부드러워져야 할 건 딱딱해지며, 옛날 일은 또렷이 기억하고,

어제 일은 까맣게 잊는다. 아내의 휴대폰 번호밖에 기억하지 못한다는 사실은 더 이상 놀랍지도 않다. 전화번호부에 저장된 무수한 사람들의 번호는 내 머릿속에서는 익명 상태나 다름없다. 기억속의 '무無'다. 휴대폰을 잃어버리면 백지 상태가 될 게 뻔하다. 이 망각 증상은 고쳐지지 않는다. 왜 나가는 줄도 모르면서 집 밖을 나서려 했던 황망한 사건도 은퇴 이후 생긴 건망증 때문이었다.

나는 늙음이란 조금씩 익어가는 것이라고 생각하곤 했다. 그런데 익어갈수록 무엇인가를 잊는다. 작년과 비교해봐도 변한 건 없는 것 같은데, 사실은 그걸 인지하지 못하는 것이 변한 것이다. 잊는 것은 잃어가는 것이기도 하다. 자신감도 잃고 자존감도 잃는다. 심지어 표정도 잃었다. 나잇살이 붙고 얼굴 살이 붙으면 한 폭의 자화상이 그려진다. 자신을 담은 초상이다. 마치 증명사진을 확대해놓은 듯한 영정이 아니라 살면서 자연스럽게 그린 소묘. 인생의 끄트머리에서 만난 초상화엔 삶의 이력이 그대로 녹아 있다.

아내가 출근하려다가 말고 다가오더니 내 얼굴을 빤히 쳐다봤다.

"왜 그래? 얼굴에 뭐 묻었어?"

"그런 건 아니고. 얼굴에 힘들다는 표 좀 내지 마요."

아내는 내 얼굴에 주름 개선 기능성 화장품을 듬뿍 발랐다. 덕지덕지라고 할 만큼 많은 양이었다. 그러고는 읽어도 무슨 뜻인지 전혀 모르겠는 울트라 화이트닝 데이 크림과 레드 블레미쉬 멀티 플루이드를 손에 쥐어 주었다. 남자도 화장을 하는 시대인데, 화장까지는 못 하더라도 얼굴 관리는 해야 한다고 했다. 상황에 맞춰 입을 옷은 있지만 나이에 맞는 옷을 고르지 못할 때의 난감함과 비슷했다.

"신경 좀 써요. 신경 좀……. 얼굴 관리만 잘해도 인상이 바뀐대."

얼굴엔 80여 개의 근육이 있어 7000가지 이상의 표정을 만들어낸다. 인상만 보면 인생이 보인다. 심지어 성격까지도 드러난다. 사람의 얼굴을 보면 그가 어떻게 살아왔는지 알 수 있다. 구절양장九折羊腸 같은 길을 걸어오며 힘들게 살았다면 낯빛에도 고단한 흔적이 또렷이 드러난다. 반면에 평온한 삶을 살았다면 웃자란 수염이 올올이 성기더라도 멋질 것이다. 그러니 늙어갈수록 자기 얼굴에 책임을 져야 한다. 별 수 없다. 웃을 수밖에.

어느 순간 아침이 싫어졌다.

폭염 특보가 발효된 날, 친구에게서 전화가 걸려왔다. 마음속은 '좋아, 당장 나갈게.'라고 얘기하는데 입 밖으로 나온 말은 "오늘 일이 있어서 안 되겠다."였다. 일이 없는데도 일 핑계를 대는 자신이 초라했다. 은퇴 이후 친구들의 연락이 부쩍 늘었다. 사람들을 만나고 있으나 속 빈 강정 같은 만남이었다. 상대방의 인생이 내 인생에 틈입하지 못하니 그저 막연한 숫자 늘리기에 지나지 않았다. 그래서 가끔은 사람 만나기가 두렵고 또 두려웠다. 자존감이 바닥을 치는 것도 이유였다. 늙어갈수록 외로움을 타서 자연스럽게 친구를 더 자주 찾게 된다고들 하던데 나는 오히려 두문불출했다. 친구들 대부분이 현역에 있다는 것도 나를 주눅 들게 했다. 퇴역한 내가 현역에 있는 친구들을 보는 건 불편한 일이었다. 아무짝에도 쓸모없는 자존심 같은 거였다.

대화의 레퍼토리는 늘 그랬듯 거기서 거기일 게 뻔했다. 궁금하지 않은 안부를 물은 다음 백수 이야기가 시작되고, 그다음엔 위로와 응원이 이어질 것이다. 엉뚱하게 취미 얘기와 골프 얘기가 시작되고, 골프를 못 친다고 하면 골프를 배우라고 할 것이다. 그러면 그걸 회피하느라 땀을 흘리고, 왜 나왔을까 후회하게 될 것이 자명했다.

그러니 혼자 먹고, 혼자 마시고, 혼자 걷는 게 편했다. 욱할 일이 있어도 참아야 하는데 자꾸 심통이 났다. 여기서 도망치면 앞으로 곤란한 상황에 부딪혔을 때 또다시 도망칠 것이 분명한데 자꾸 줄행랑만 쳐졌다. 기권도 습관이었다. 아무 일도 없다는 상실감, 아무 데도 갈 수 없다는 공허함, 아무것도 할 수 없을 것 같은 무기력함이 하루하루 쌓여가며 고통으로 치환됐다.

은퇴하면 남는 게 시간이다. 시간만 많고 일이 없으니 방구들을 부여잡는다. 하루는 일단 무조건 집 밖으로 나왔다. 햇살이 용광로처럼 불을 뿜었다. 지열 때문에 얼굴이 익었다. 뜨거운 여름, 달궈진 감방에 갇혀 있던 신영복 교수가 쓴 《감옥으로부터의 사색》 중 한 구절이 떠올랐다.

모로 누워 칼잠을 자야 하는 좁은 잠자리는 옆 사람을 단지 37℃의 열덩어리로만 느끼게 합니다. 이것은 옆 사람의 체온으로 추위를 이겨나가는 겨울철의 원시적 우정과는 극명한 대조를 이루는 형벌 중의 형벌입니다.
자기의 가장 가까이에 있는 사람을 미워한다는 사실, 자기의 가장 가까이에 있는 사람으로부터 미움받는다는 사실은 매우 불행한 일입니다.

뚜벅뚜벅 걸었다. 푸념들이 쏟아졌다. 작열하는 태양의

총구가 머리를 겨냥했다. 땀방울이 쏟아졌다. 극한의 날씨에도 아랑곳하지 않고 일했던 지난날이 떠올랐다. 여전히 건강하고 열정도 식지 않았는데 무엇이 문제일까 생각해봤다. 사실 나는 늙은 부모를 부양하고 있지도 않고, 자식들도 자기 밥벌이를 하며 독립해 있는 상태였다. 은퇴하고 나서도 가족 부양의 압박에 시달리는 사람들을 생각하면 나는 현재의 상황에 불만을 가질 이유가 없었다.

인생의 후반전에는 경기를 끝내버릴 카운터펀치가 아니라 내 능력을 발휘할 몇 라운드의 무대가 절실해진다. 가족과 사회를 위해 무언가 기여할 수만 있다면 그걸로 족하다. 다시 링에 오를 수만 있다면 그걸로 충분하다.

어느 날 아침이 다시 좋아졌다.

실업급여를 받은 지 3개월째로 접어들었다. 매달 1~2회 구직 활동을 하면 월급 통장에 184만 원이 꽂혔다. 많지 않은 돈이었지만 활력이 돌게 해주는 수액 같았다. 당장 급한 공과금과 세금 등을 해결하고 남는 돈은 생활비로 썼다. 하지만 마냥 안심할 수는 없었다. 한시적인 생계 보조였기 때문이다. 그래도 낭보가 조금씩 들려오고 있어 다행이었다.

막노동 당시 함께 일했던 팀장과 팀원에게서 연달아 연

락이 왔다. 팀장은 충남 당진과 충북 음성에 일자리가 생겼는데 가보지 않겠느냐고 했다. 순간 만감이 교차했다. 내일이라도 그곳에 취업하면 월 300만원 벌이는 가능하다 했지만 거리가 문제였다. 현재 살고 있는 청주 집과 거리가 상당해 선뜻 답할 수 없었다. 솔직히 말하면 아내와 떨어지는 게 내키지 않았다. 고마운 일이지만 좀 더 기다려보겠다고 했다. 팀원의 전화도 같은 내용이었는데 지역이 경기도 평택이었다. 업체에 얘기해 연결시켜주겠다는 제안이었다. 잊지 않고 연락을 해주는 것에 감사할 따름이었다.

- LJMG002307210005. 생산직 채용. 제조 단순종사원. 학력 무관. 경력무관. 충북 음성군. 연봉 31,000,000원 이상.
- 플라스틱 압출성형기 조작원. 경력무관. 충북 진천군. 기간의 정함이 있는 근로계약. 2교대. 월급 2,800,000원.

고용노동부 워크넷 채용 정보 안내도 수시로 나를 깨웠다. 고용센터에 개인정보를 등록해놓으니 일주일에 한두 번씩 일자리 공고가 떴다. 그럴 때마다 아내와 상의했다. 아내는 일단 무더운 여름만은 피하자며 나를 토닥였다. 일거리 제안들이 날아오는 건 어찌됐든 좋은 징조들이었다.

지금은 집과 떨어지기 싫어 얄팍한 핑계를 대고 있지만 여러 곳에서 손짓이 오니 마음만 먹으면 뭔가 될 것 같은 기대감이 커졌다.

주간지 기자직과 중학생 직업·진로 교육 강사 제안도 받았다. 내가 겪어온 직업, 미래 청소년들이 가져야 할 직업에 대한 교육은 거절할 이유가 없었다. 가을쯤 강연회를 갖기로 약속했다. 서서히 아침이 깨어나고 있는 걸 느꼈다. 움츠러들어 있던 밤이 지나고 무언가를 시작할 수 있는 여명이 비추었다. 나는 기꺼이 그 아침 속으로 걸어 들어갔다.

한 번도 가보지 않은
길 위에 서서

아버지와 아들이 야구 경기를 보러 가기 위해 집을 나섰다.
그런데 아버지가 운전하던 차가 갑자기 기차선로 위에
멈춰버렸다. 달려오는 기차를 보며 아버지는 다시 시동을
걸려고 했지만 소용없었고 결국 기차는 차를 그대로 들이받고
말았다. 아버지는 그 자리에서 죽었고 아들은 크게 다쳐
응급실로 옮겨졌다. 수술하기 위해 온 외과의사가 차트를
쳐다보더니 절규했다.
"나는 이 응급 환자를 수술할 수가 없어! 얘는 내 아들이야!"

도대체 어떻게 된 일일까. 아버지는 분명 죽었는데 웬 외

과의사가 자기 아들이라고 궤변을 늘어놓는 것일까. 의아하게 생각했다면 내 안의 고정관념을 의심해봐야 한다. 외과의사는 어머니였다. 우리는 외과의사라고 하면 당연히 그가 남자일 것이라고 생각한다. 그러니 당연히 아버지가 둘이라고 생각되는 것이다. 막노동이라는 프레임도 마찬가지다. 막노동을 하찮은 일이라고 생각하면 진짜 하찮게 생각하게 된다. 우리는 보고 싶은 것만 보고, 듣고 싶은 것만 들으려 한다. 그 프레임이 고정관념이다. 자신이 익히 아는 사실에만 꽂히면 다른 것은 보이지 않는다.

막노동했을 때를 되돌아보면 솔직히 힘들었다. 사람들의 이상한 시선도 느꼈다. 친구들 앞에선 나도 모르게 움찔했고, 친척들 앞에선 위축됐다. 부모님께는 처음부터 숨겼고 가족 뒤에 숨었다. 사실, 막노동을 시작했을 때만 해도 며칠만 하다가 그만둘 줄 알았다. 안 해본 일이거니와 체력적 한계 등을 고려하니 오래 일할 자신이 없었다. 그러나 겨울이 지나고 봄 중턱까지 잘 견뎠다.

중간에 고비가 있었지만 악으로 깡으로 버텼다. 몸이 아파도, 술에 찌들어도 240일, 5760시간 중 단 하루만 결근했을 정도로 열심히 다녔다. 그렇다고 나의 노동이 엄청나게 대단한 건 아니었다. 대한민국 모든 가장, 청년, 아들·딸이라면 누구나 하는 밥벌이의 한 조각이었다.

막노동하면서 생긴 가장 큰 변화는 막일, 노가다에 대한 편견과 오해, 비뚤어진 시선을 스스로 고쳤다는 점이다. 마음에 철갑을 두르고 스스로 철창에 갇혀 바라봤던 노동자들의 힘줄을 직접 목도하면서 많이 반성했다. 그들은 흙먼지를 뒤집어쓰고 술에 절어 대충 사는 막장 인생이 아니라 하루하루 피와 땀으로 미래를 다지는 불굴의 역군이라는 걸 깨달았다.

사람들은 막노동판을 무시만 할 뿐, 실상은 잘 모르고 있다. 실제 그 속에서 밥벌이는 어떻게 이뤄지는지, 그들이 어떤 생각을 하고 있는지 관심도 없고 알려고도 하지 않는다. 그저 잘못된 인식을 오랫동안 답습해온 대로 막노동이라는 일을 폄훼하고 하대한다. 이런 일련의 학습 효과가 노동의 가치를 떨어뜨리고 있다. 새벽부터 밤늦은 시간까지 그 누구보다도 열심히 사는 막노동꾼들 또한 우리의 이웃이자 가족이다.

오랜 세월 동안 흰 와이셔츠를 다려 입고 기자로 살아왔지만, 막노동꾼으로 살았던 몇 번의 계절이 나에겐 더 값진 흔적으로 남았다. 이건 상처가 아니라 훈장 같은 것이다. 마치 아무짝에도 쓸모없던 중년의 남자가 취업난을 이겨내고 삶의 팽팽한 현장 속으로 뛰어들어 다시 쓸모를 되찾은 느낌이다. 인생의 멋진 변주다.

세월은 흐르고 시간은 기다려주지 않는다. 이 법칙에 예외는 없다. 뒤돌아보면 나는 어느새 이만큼 멀리 와 있고, 저만치 떨어져 있던 나이가 숨 가쁘게 뒤쫓아 온다. 시간은 멈춰 설 줄 모르고 쉼 없이 흘러간다. 현재는 과거의 초상이고, 미래의 거울이다. 나중을 생각한다면 지금, 이 순간을 충실히 살아야 한다.

직장 생활에 목매는 사람들은 회사에 의존하고 회사에 종속돼 살다가 회사와 연이 끝나는 날이 돼서야 후회한다. 회사는 나를 위해 존재하지 않는다. 회사 문을 나서는 순간 그토록 몸 바쳐 일했던 나는 곧 잊힌다. 퇴직 후 30~40년은 결코 짧지 않다. 젊어서 경제활동을 했던 기간보다 길 수도 있다. 퇴직하는 게 아니라 평생 현역으로 남을 명분을 찾아야 하는 이유다. 살면서 한 번이라도 무언가에 미쳐봤다는 것, 그거라면 후회는 없다. 나는 앞으로도 가보지 않은 길 앞에서 망설이지 않고 도망치지 않고, 계속 도전해볼 생각이다.

중장년이 되어서 청년 시절에 꾸었던 꿈을

돌이켜보는 것은 닿을 수 없는 높이에 떠 있는

솜사탕을 올려다보는 것 같다. 아직 시간이 남았다고

자위해도 괴리감의 진폭은 크고 넓다.

그래도 포기하지는 않을 작정이다. 시련을 이겨내고 나면

분명 희망이 올 거라고 믿기 때문이다.

직장인으로 30년을 버티며 잘 살아왔으니

다음 30년도 다시 성실하게 잘 살아내면 된다.

어떤 삶이든 괜찮다. 지금까지 그래왔던 것처럼

다시 새로운 꿈을 꾸면 된다.

어떤 길을 걸어왔는가가 아니라

어떤 길로 갈 것인지를 고민하는 게

우리의 발걸음이 품고 있는 내재율이다.

특별하지 않아도 괜찮다. 조금은 아파도 괜찮다.

아직 나에겐 파릇파릇한 꿈이 남아 있으니까.

다시 시작하는
나의 막노동 일지

저녁 무렵 휴대폰 벨소리가 요란하게 울렸다. 어머니였다. TV에서 '신문사 수습기자 채용'이라는 자막을 보고 전화를 거신 것이다. 어머니는 반쯤은 다급하고 반쯤은 상기된 목소리로 어서 그곳에 지원해보라고 했다. 아들이 계속 기자로 살아갔으면 하는 여망이 느껴졌다. 나는 어머니에게 수습기자란 대학 졸업자나 다음 해 졸업 예정자 중에서 선발하는 것이라고 짧게 설명했다. 덧붙여서 젊은 사람이 채용 대상이라는 점을 강조했다. 어머니는 이내 수긍하는 듯했으나 내 설명을 100% 이해하시는 것 같진 않았다.

마음이 쓰렸다. 놀고 있는 늙은 아들의 재취업 때문에 얼마나 초조해하셨을까 하는 데 생각이 미치자 죄송함을 넘어 나이 들어서까지 노모에게 심려를 끼치는 나 자신이 한없이 부끄러워졌다. 수화기 너머에서 깊은 한숨이 연소되는 걸 확인하며 통화는 끝났다. 지천명知天命을 넘기고 이순耳順을 바라보는 아들도 부모 눈에는 그저 가여운 어린 자식에 불과했다.

며칠 후, 어머니의 간절함이 통했는지 첫 막노동 당시 함께 일했던 팀장에게서 전화가 걸려왔다. 충북 음성 공사현장에 일자리가 생겼다고 했다. 반가운 제안 앞에서 잠깐 동안 망설였다. 청주 집에서 현장까지는 60km 거리여서 출퇴근이 걱정이었다. 일자리를 수락한다면 다시 숙소 생활을 해야 할 터였다. 아내와 떨어져 지내야 한다는 게 가장 마음에 걸렸다. 하지만 선뜻 수락했다. 며칠 전 어머니의 한숨 섞인 목소리가 떠올랐기 때문이다.

그날 저녁 아내에게 취업 사실을 알렸다. 사실상 통보였다. 아내는 말리고 싶은 표정이었지만, 나의 마음을 알았는지 이내 못 이긴 척 수긍해주었다. 아내 또한 현재로서는 함께 산다는 명분보다 미래를 위한 헤어짐이 온당한 선택이라고 생각했을 것이다. 옷가지와 세안 도구, 노트북을 챙겼다. 큰 보따리가 세 개나 됐다.

다음 날 오토바이에 짐을 묶고 집을 떠났다. 쌩쌩 달리는 자동차들 사이로 1시간 30분가량 달렸다. 시골로 접어들자 도로는 마음의 보폭만큼 좁아졌다. 모텔 건물 외벽에는 '호텔 같은 모텔'이라고 적힌 허름한 플래카드가 바람에 펄럭이고 있었다. 실상은 일반 투숙객이나 주변 공사현장 노동자들이 뒤섞여 잠시 거쳐 가는 무인텔이었다. 한눈에 봐도 호텔이나 모텔보다는 여관에 가까웠다.

수건과 생수, 두루마리 화장지 하나를 받아 배정받은 방으로 들어섰다. 홍등 하나만 있는 방 안은 어둠침침했다. 다중이 이용해서 생긴 특유의 찌든 냄새가 코를 찔렀다. 뜨거운 물은 졸졸 나오고 방바닥은 시베리아 냉골이었다. TV를 켰다. 앞선 투숙객이 마지막으로 보고 떠난 듯 삼류 성인 방송에 채널이 맞춰져 있었다. 순간, 타향으로 떠나온 나그네의 비애가 느껴졌다.

숙소는 달방으로 혼자 쓰면 40만 원, 둘이면 60만 원, 셋이면 65만 원을 받았다. 나는 혼자 쓰는 방을 택했다. 두 명이 쓰기에 방은 너무 비좁았다. 숙소 비용은 선불로 끊었다. 하루 3만 원의 일비는 일한 날을 기준으로 한 달 후에 정산한다고 했다. 월급에 일비를 얹어 받는 셈이다.

짐을 풀고 침대 위에 대ㅅ 자로 누웠다. 곰팡이에 젖은 누런 천장을 한동안 바라보는데 최면에 걸린 듯 금세 졸음이 쏟아졌다. 낯선 동네에서의 낯선 첫날 밤이 그렇게 저물었다.

*

다음 날 현장에 도착하니 막노동꾼 100여 명이 모여 있었다. 간단한 수속을 마치고 곧바로 일과가 시작됐다. 팀원은 20여 명이었는데 나는 자재 팀에 배속됐다. 60대 선임자를 비롯해 나와 나이대가 비슷한 사람이 두 명 더 있었다. 그들이 사람 좋은 표정으로 나를 반겨주었다. 중견업체 현장도 대기업 현장과 일하는 건 비슷했지만 실내 작업장이 없었다. 온종일 야외에서 일을 했고, 안전모와 안전화만 갖추면 별다른 지시나 감독도 없었다. 인력 구성 또한 대기업 현장과 달리 조선족 등 외국인 노동자가 적지 않았다.

나는 막노동 입문 당시 막무가내로 덤벼들다 저질렀던 시행착오를 반복하지 않기 위해 조금 느긋하게 움직였다. 자재는 핸드레일handrail(계단, 다리, 마루 따위의 가장자리를 일정한 높이로 막아 세우는 구조물)과 그레이팅grating(수로관, 집수정, 맨홀 등의 뚜껑으로 사용되는 철제 격자 판) 등이었고, 그것들을 공정별로 분류해서 날라다 주는 일을 했다. 자재 대부분이 주철鑄鐵 재질이어서 무게가 상당했다. 때문에 낱장을 옮길 때는 사람 손으로, 여러 장일 때는 지게차를 이용했다. 느긋해지기로 마음먹었다고는 해도 이 일 또한 처음 하는 일이라 손발이 따로 놀았다. 선임이 들라고 하면 들고, 내려놓으라고 하면 내려놓는 식으로 지시에 잘 따르는 게 최선이었다.

복잡한 도면에 적혀 있는 고유번호대로 자재를 분류하는 일은 결코 쉽지 않았지만, 그나마 다른 일보다는 수월했다. 다른 사람들은 철골 모듈 위에서 볼트를 조이고, 쇠를 깎고, 자재와 배관을 들어앉히는 등등 힘과 숙련된 기술을 요하는 일을 하고 있었다. 내가 그들보다 조금이나마 수월한 보직을 배정받은 건 분명 팀장의 배려가 작용했을 거라고 생각했다.

선임자인 60대 팀장은 다재다능한 사람이었다. 어떤 일이든 척척 해냈다. 지게차도 직접 몰고, 도면에 따라 자재를 정확히 전달해주었다. 젊은 사람 못지않게 손재주가 남달랐고 업무 이해력도 뛰어났다. 더구나 나를 동생 대하듯 하며 작업 방법을 친절하게 알려주는 호인이었다. 대기업 현장에서 막노동을 처음 시작했을 때 젊은 사람들에게서 체력과 열정을 보았다면, 새로운 막노동판의 나이 든 숙련공에게서는 묘한 자신감과 연륜이 느껴졌다.

막노동판의 계절은 세상의 계절보다 더 빨리 왔다. 절기상으론 분명 가을인데 공사현장은 이미 겨울이었다. 왜 노동자들의 겨울은 항상 빨리 당도하는지 모를 일이다. 날은 차디찼지만 노동자들은 연신 땀을 흘리고 있었다. 나는 하루에 한 번 물 당번을 맡았다. 큰 물통에 얼음을 가득 담고 생수를 채워 현장에 갖다 놓았다. 사람들이 수시로 물을 마시며 열을 식혔다. 옛 초등학교 시절 주번이 된 듯한 기분이었다.

다시 막노동을 시작하면서 나의 끼니도 달라졌다. 삼시 세끼를 자비로 먹는 것도 부담스러웠고 타지에서 지내다 보니 아침밥 거르는 일이 예사가 돼버렸다. 한평생 그런 적이 없었는데 끼니를 챙겨 먹는 게 귀찮아졌고 배고프지도 않았다. 점심은 함바가 아닌 일반 식당에서 때우고 저녁은 숙소 가는 길목에 있는 식당에 들러 해결했다. 먹는 것에 진심인 막노동꾼들이지만 이곳 현장에는 철칙이 있었다. 동료들끼리 식사를 하더라도 모두가 더치페이였다. 술값도 반드시 'n분의 1'로 나눴다. 그것이 서로에게 편하다는 생각이 들었다.

첫 주말에 아내가 김치와 밑반찬, 내복, 귀마개, 그 밖의 생활용품을 잔뜩 가지고 숙소를 찾았다. 아내가 방문을 열자마자 깜짝 놀라는 표정을 지었다. 비좁은 공간, 몇 가지 안 되는 반찬조차 모두 넣을 수 없는 미니 냉장고, 퀴퀴한 화장실, 오물이 쏟아져 내린 것 같은 낡고 우중충한 벽지, 옷걸이조차 없어 라면 박스에 포개놓은 옷가지, 가끔 끼니로 때운 컵라면과 햇반의 잔해들…….

당장 울음을 터뜨릴 것 같은 아내를 간신히 위로했다. 그리고 간만에 읍내에 나가 고기를 먹었다. 왠지 연애 시절의 풋풋한 감정으로 되돌아간 듯했다. 나는 아내에게 조금 힘들긴 하지만 포기하지 않고 나아가보겠다고 말했다. 아내가 조용히 내 손을 꼭 쥐어주었다.

나는 간절하게 원하던 일거리를 찾았다. 그것이 막노동이라고 해서 서글프지는 않았다. 막노동은 내 인생 2막의 소중한 직업이 됐으니까 말이다.

나의 막노동 일지는, 그렇게 다시 시작되었다.

우린 '덕분에' 산다. 실패한 덕분에 성공하고, 비틀거리고 넘어진 덕분에 자신을 알게 된다. 부모 덕분에 여기까지 왔고, 가족 덕분에 견디며 살아왔다. 친구 덕분에 외롭지 않았고, 상처받은 덕분에 강해졌다. 나는 가난한 '덕분에' 열심히 살았다. 이 세상에 '덕분에'가 아닌 것은 없다. 인간은 사회적 동물이란 말을 굳이 하지 않더라도 우린 관계 속에서 살아간다. 너와 나, 우리는 어디에서라도 만난다. 그 인연이 모여 가족이 되고 공동체가 된다.

반면 '때문에'는 핑계, 변명, 엄살을 동반한다. 누구 때문에 망했고, 무엇 때문에 실패했으며, 그것 때문에 아팠다고 변명한다. 너 때문에 다쳤고, 당신 때문에 가난해졌고, 너희들 때문에 죄를 지었다고 떠넘긴다.

이 시대를 살아가는 모든 이들은 실패하지 않았다. 낙오자가 아니다. 아직 시간이 남았다. 다시 시작할 시간이 남았고 만회할 시간이 남았다. 나는 막노동 덕분에 땀의 맛을 알았다. 땀의 맛은 막노동이 가져다준 극한의 맛이었다. 만약 내가 막노동을 힘들고 막돼먹은 일이라고 치부했다면 그 일을 경험해보지 못했을 것이고 편해 보이는 것, 멋져 보이는 것, 남이 알아주는 것, 폼 나는 것만 찾아 헤맸을 것이다.

우리는 해보기 전엔 절대 알 수 없다. 처음 하는 일은 모두 낯설고 두렵다. 나도 넥타이를 풀고 막노동에 처음 나섰을 때 첫날부터 포기할까도 싶었다. 그런데 무르팍도 한번 깨져봐야 용기가 생긴다고 했던가. 막상 도전하니 두려움이 사라졌다. 배우자고 덤벼드니 배워졌다.

'까짓것, 그것도 못 할 줄 알고?'

어차피 사람이 하는 일이다. 조금은 엉성해도 괜찮다. 덤벼들다 보면 얼추 흉내도 내게 되고 기본도 갖춰진다. 어설프게 흔들리면 꺾인다. 나는 내 인생 절반을 투신한 기자 일도 결과적으론 실패하지 않았다고 생각한다. 충분히 노력했고 충분히 뜨거웠다. 우리는 계속 실패하지만 다시 일어서는 덕분에 인생에서 성공할 수 있다. 남 눈치 보느라 우물쭈물하지 말고 '나다움'을 찾아가길. 결국 자기답게 사는 것이 인생의 행복이다. 이 책이 그 작은 불쏘시개가 되길 바란다.

막노동을 하면서 휴식 시간마다 휴대폰 메모 앱에 열심히 현장을 채록하고 휴일이면 집에서 다시 노트북에 정리했다.《오마이뉴스》는 나의 소소한 일상을 귀 기울여 들어주었고, 기꺼이 활자의 공간을 용인해줬다. 막일, 막노동을 새로운 시선으로 바라봐주길 고대하면서 써 내려간 일기는 예상보다 큰 반향을 불러일으켰다. 취업을 준비 중인 한 대학생이 보내준 독자 원고료 2000원은 눈물로도 갚지 못할 은혜였다. 20만 원, 200만 원의 가치보다 큰 마음의 빚으로 남았다. 언젠가 그 학생을 만난다면 소주 한잔 나누고픈 마음 간절하다.

기자로 살다가 막노동판에 뛰어든 사연, 중년의 생생한 경험담, 그 용기와 독특한 인생관을 많은 사람과 공유하고 싶다던 KBS〈인간극장〉의 20대 청년 작가도 각별한 기억으로 남아 있다(아쉽게도 내가 한창 막노동을 할 때라 방송으로 이어지지는 못했지만). 한국기자협회는 내 인터뷰를 지면에 실어주기도 했다. 27년간 협회 소속으로 있었지만, 퇴직 후 모든 끈이 끊어진 상황에서 관심을 보여주니 새삼 옛정이 느껴졌다. 가끔 소주에 삼겹살을 먹으며 서로의 안녕과 미래에 대한 이야기를 나눈 지인과 친구들의 격려도 큰 힘이 됐다.

나는 가장 뜨거웠던 여름날에 대기업 직원 식당에서 설거지 일을 했다. 막노동은 가장 추웠던 겨울날부터 시작됐다. 모두 극한의 날씨에 경험한 극한 직업이었다. 이 책을 쓰는 동안에도 폭염과 폭우가 계속됐다. 태풍도 두어 개 지나갔다. 이글이글 타오르는 태양과 비구름을 머금은 하늘, 일상을 집어삼키는 천재지변을 피해 도서관으로 출근하며 이 책을 썼다. 마치 직장인을 흉내 내는 것처럼 점심시간, 퇴근시간도 지켰다.

기자로 살며 수없이 많은 글을 썼지만 책을 쓰는 일은 쉽지 않았다. 기사를 쓰는 호흡과 책을 쓰는 호흡은 전혀 달랐다. 중간중간 포기하고 싶을 때도 있었다. 어떨 땐 쓰다 지쳐 하루라도 빨리 털어내고 싶기도 했다. 꾹꾹 눌러쓰며 인내를 배워가는 글쓰기는 또 하나의 막노동이었다.

아를 출판사 정상태 대표에게 특별히 감사를 드리고 싶다. 처음 손을 내민 이도 그였고, 힘들 때 등대가 되어준 이도 그였다. 나의 소소한 이야기가 세상 밖으로 나올 수 있었던 것도 순전히 그가 곁에 있어 가능했다.《오마이뉴스》'10만인 클럽'과 함께하는 신나리 기자, 이주영 선임 에디터도 감사한 분들이다. 그들은 온·오프라인에서 나를 응원해준 기자이자 독자였다. 나의 인생 가장 가까이에서 동행하고 있는 아내 노정숙, 아들 윤성·혜성, 그리고 부모님·친지들 덕분에 여기까지 왔으니 이 또한 감사한 일이다. 정진영 작가와 우희철 사진작가, 특히 어둠 속에서 눈물 흘리고 있을 때 항상 선술집으로 달려와 위로해준 나의 벗 김연홍에게 고마움을 전한다. 서슬 퍼런 시절을 지나 오랜 세월을 무사히 함께 건너온 대학 친구들 권순철, 김진식, 김태협, 박근홍, 박재용, 박후열, 배석한, 안중각, 이준호, 이헌수, 조규삼, 최영환. 그들 덕분에 잘 살아왔다. 언론계의 선후배들, 인생 2막을 열면서 만난 막노동 동료들, 휴대폰 전화번호부에 저장된 1506명 덕분에 여기까지 왔다. 마지막으로 이 책을 읽고 있는 독자들께도 감사의 인사를 드린다.

나의 막노동 일지

2023년 11월 13일 초판 1쇄 발행
2024년 7월 10일 초판 2쇄 발행

지은이   나재필

펴낸곳   도서출판 아를
등록   제406-2019-000044호 (2019년 5월 2일)
주소   10881 경기도 파주시 문발로 139, 407호
전화   031-942-1832
팩스   0303-3445-1832
이메일   press.arles@gmail.com

아를ARLES은 빈센트 반 고흐가 사랑한 남프랑스의 도시입니다.
아를 출판사의 책은 사유하는 일상의 기쁨, 아름다움을 발견하는 즐거움을 드립니다.
◦ 페이스북 @pressarles ◦ 인스타그램 @pressarles ◦ 트위터 @press_arles